双葉文庫

大富豪同心

仇討ち免状

幡大介

目次

この作品は双葉文庫のために書き下ろされました。

仇討ち免状

大富豪同心

第一章　侍殺し

一

夜、月が出ている。

徳川幕府の公認遊廓、吉原は、浅草の北に広がる田圃《たんぼ》の中にあった。粋人たちは山谷《さんや》堀まで舟で乗り付けて、そこから徒歩で吉原大門《おおもん》に向かう。舟を雇えぬ者は、せめて駕籠《かご》に乗って行く。駕籠にも乗れず、舟も雇えぬ者たちは、仕方がないから徒歩で通う。徒歩の道程も苦にならぬ程の情熱をもって通う。

吉原へ通じる道は、日本堤を除いて、ほとんどが田畑の畷道《なわてみち》である。常夜灯も少なく、夜道は暗い。

吉原へ通う男たちは懐に小金を忍ばせている。帰り道などは、酔って足元もおぼつかない。辻斬りや強盗たちの目には、鴨《かも》が葱《ねぎ》を背負っているように見える。吉原の周辺は、華やかな装いとは裏腹に、悪党どもの稼ぎ場となっていたのである。

武士が二人、そぞろ歩いてきた。

一人はかなり酔い過ごしている。夜道で人目が無いのを良いことに、流行《はや》りの新内節などを口ずさんでいた。

もう一人はほとんど酔っておらず、むしろ面相をこわばらせている。

二人とも羽織袴に二刀を差して、髷《まげ》もきつい引詰めにしていた。髷の形も良くないが、着こなしも野暮そのものだ。まず第一に袴の丈が短かった。

参勤交代で江戸にやって来る武士たちは、長旅で袴が汚れないように、裾を短く切り詰める。踝《くるぶし》より上まで露出させている者までいた。それがいかにも田舎染みて見えるのだ。

その田舎武士の二人連れが、吉原を出て南へ、浅草の方へ向かって歩いている。彼らが暮らす江戸屋敷が、その方角にあるのであろう。

機嫌良く歌っているほうの武士が、脂下《やに》がった笑顔を同輩に向けた。

「どうだ、花川《はなかわ》。初めての吉原を満喫いたしたか」

花川と呼ばれた田舎侍は、四角い顔をしかめて、首を横に振った。

「拙者など、女郎どもからは鼻も引っかけられなんだわい」

吉原や深川などの遊里では、武士の風儀は嫌われる。そもそも吉原にいたっては、武士の入場が禁じられていた時期もあった。

「それに引き換え貴様と来たら……。女郎の方からベタベタと張りつかれ、良い顔などをされおって……」

「おっ？　苦言か」

「違う！　正直に申して羨《うらや》ましいわ、吉永《よしなが》」

吉永と呼ばれた長身の武士は、さも愉快そうに笑った。

吉永春蔵《しゅんぞう》は田舎大名家に仕える勤番侍であったが、参勤のお供で江戸に出てきてすぐに、遊興を憶えた。

武士の装束をものともせず吉原に通う。田舎武士ながら新内節などを口ずさむほどにさばけた人柄、しかも姿がとても良い。

姿が良ければ、遊女たちからのウケも良いのが道理である。浅葱裏《あさぎ》の勤番侍は野暮の骨頂、嫌われ者の第一番だが、見た目さえ良ければまったくの別儀なのだ。金などなくとも遊女の方から慕い寄ってくるのである。

一方、遊びに誘われたものの、遊女たちから完全に無視された花川は、まったくの不機嫌、不面目、そして少々不安そうに、顔を引き攣《つ》らせていた。

「おい、急がねばならぬぞ。このままでは九ッ（午前零時）の鐘に間に合わぬ」

吉永の袖を引くと、吉永は、呑気《のんき》な顔つきで空を見上げた。

「左様じゃな。いささか時を過ごしたか」

武士は暁九ッまでには屋敷に帰り着かねばならない。それが武家社会のしきたりである。馴染みの遊女にしがみつかれて、ついつい長居をしてしまったが、夜空に高く昇った月を見て、吉永もさすがに拙《まず》いことになったと思ったようだ。

「されど……、門限に間に合わぬということも、あるまい」

しかし、ここで反省したり、後悔するような人間は、最初から遊蕩《ゆうとう》にはまったりはしないわけだ。

「どうにかなるであろう」

鼻唄まじりに憂《うれ》いを吹き飛ばして、花川を呆《あき》れさせた。

「冗談ではないぞ。拙者は上役様よりお叱りを受けたくはない」

「ええい、肝の小さい奴だな」

などと言い交わしていた、その時であった。夜道の先に何者かがポッンと姿を現わした。

「おい、吉永」

花川が気づいて吉永に注意を促す。

「何者か、我らを待ち構えておるようだぞ」

「お？　どこじゃ」

吉永はずいぶんと酔って、視線も定まっていない。薄笑いを浮かべたままの顔を夜道の先に向けた。

「おう。確かに誰かおるな」

花川は不安そうに顔をこわばらせた。

「あれが噂に高い、辻斬りではないのか」

顔を引き攣らせる花川を、吉永は鼻先で笑い飛ばした。

「我らと同じ吉原帰りの客であろう。吉原近くで人と擦れ違うなど、別段珍しくもないわ。それに、辻斬りだったとしても、それがどうしたというのだ。腰の刀はなんのためにある」

「いや、しかし……」

「怖いのであれば、朝までそのへんに隠れておれ。拙者は帰る。門限に遅れたくはないのでな」

意地悪な皮肉をとばしながら、吉永は悠然と歩を進め始めた。

「ま、待ってくれ……」

花川もおっかなびっくり、後に続く。

「お主は剣術の免状持ちだから良いであろうが、拙者は算盤《そろばん》侍だぞ」

吉永は、遊冶郎《ゆうやろう》気取りの色男であったが、国許の剣道場ではそれと知られた剣客でもあった。免許状のいくつかを授けられ、いずれは免許皆伝に至るものと目されていた。

武芸に自信があれば、物腰や顔つきにも表われる。遊女たちが吉永に引かれるのも、吉永の男らしい姿に魅せられるからなのかもしれない。

吉永はなんの不安もない様子で、畷道の真ん中をのし歩いた。一方、勘定方で剣より算盤が達者な花川は、吉永の背中に隠れるようにして続いた。

その黒い影は四つ角の真ん中に立っていた。何かの杭が立っているから、そこが村の境なのかもしれない。

黒い影は吉永と花川に向き直った。

吉永は陽気に片手をあげた。

「良い月夜でござるな！」

快活に白い歯など見せて、行きすぎようとしたその時、

「……むっ」

さしもの吉永が眉根をしかめて足を止めた。黒い影が二人の行く手に立ちはだかったのである。

吉永は即座に総身に緊張を走らせた。鍛えられた剣客だけに、酔っていようと咄嗟《とっさ》に戦う姿勢に変わる。相手を咎《とが》める言葉を発するのも煩《わずら》わしい、その分だけ闘志が削がれる——とでも言わんばかりに、無言で影を睨《にら》みつけた。

一方の花川は小心者である。身を震わせて飛び上がった。

「そ、其処許《そこもと》、わ、我らに何か用件があるのでござろうか。そ、其処許の御姓名は……」

不安を押さえかね、早口で語りかけた。怖くて黙っていられないのであろう。

謎の影はジリッと前に踏み出してきた。月の光がその姿を照らしだした。

三ツ紋の入った黒羽織を着けている。袴は穿《は》いていない。着流しだ。しかも羽織の裾を、長衣《ながぎぬ》の帯にたくしこんでいた。

「巻羽織か……。町奉行所の者だな」

吉永が低い声で決めつけた。

町奉行所の同心は、市中を走り回る際に邪魔にならぬよう、羽織の裾を帯に挟んで留めている。これを巻羽織という。町人たちからは「粋な姿だ」と褒めそやされるが、武士の目には、なんとも珍妙で愚かしい格好に映った。

そもそも〝走り回る〟という行為そのものが、身分の低さを示している。足軽や小者の所業だ。

町奉行所の同心たちは、元々は、南北の町奉行に仕える足軽だったのだ。にもかかわらず町人たちからは人気がある。町娘や女たちからも好かれる。そのうえ江戸の市中では、南北の町奉行二人の権威を笠に着て、時には武士まで咎めることができたのだ。

勤番侍たちにとってはどこまでも苦々しく、憎らしい相手であった。

日頃の鬱憤《うっぷん》が酔いに任せて溢れてきたのか、吉永は居丈高《いたけだか》に吠えた。

「退《の》けィ！　我らは屋敷に戻るところぞ！」

国許の足軽たちならば、武士が叱り飛ばせば土下座して道を譲る。しかし、この同心はまったく遠慮もなく、道を空ける気配もない。吉永はますます苛立《いらだ》った。

「我らは武士！　町方風情に詮議される覚えはない！　どうでも我らの行く手を塞ぎたいと申すのであれば、大目付を呼んで参れ！」

大目付とは、大名家の不行跡を糺《ただ》す役職で、数千石の大身旗本が就任する。酔っているとはいえ「大目付を呼べ」とはあまりにも恐れ入った啖呵《たんか》だ。端で聞いている花川のほうが震え上がってしまった。

巻羽織姿の同心は、不敵さを感じさせる物腰で、さらに近づいてきた。

「元より、貴公らを咎めようとしておるのではない」

人を食った、無礼な物言いだ。吉永は激昂《げっこう》した。

「ならばなにゆえ、我らの前に立ち塞がる！」

すると同心は、腰の刀をゆっくりと差し直した。落とし差しにしていたのを、抜刀しやすい閂《かんぬき》差しする。

「一手、立ち合いを所望」

「なにィ」

吉永は目を剝いた。

花川は（こやつ、気が触れておるのか）と思った。見ず知らずの武士に向かって、いきなり決闘を申し込むとは何事か。

（武蔵坊弁慶《べんけい》でもあるまいに……）

やはり、常軌を逸しているとしか思えない。

「吉永、道を変えよう」

吉永の袖を引く。逃げるが勝ちとはこういう場面をいうのに違いない。

ところが吉永は「よかろう」と一声吠えて、羽織の紐《ひも》を解き始めたのだ。

（あっ、馬鹿な）

花川は慌てて同輩を止めた。

「そのようなことをして何になる！　愚かしい真似はやめろ」

すると吉永は、ますますムキになった顔つきで、羽織を手荒に脱ぎ捨てた。

「『何になる』とは聞き捨てならぬ。拙者にとっては、剣客としての矜持《きょうじ》がかかっておる！」

「御府内での抜刀は御法度だぞ」

「武芸者の果たし合いなら話は別だ」

徳川幕府は治安維持に心を砕く一方で、文武を奨励もしている。武芸者の決闘は士道に適《かな》った行いであった。

「いざ！　尋常に勝負！」

酔いも手伝って吉永は、刃鳴りの音まで響かせながら、大仰に抜刀した。

巻羽織の同心がニヤリと笑ったように見えた。大上段に構えた吉永を見ても臆することなく、さらに間合いを詰めてきた。

雲が流れて月の光が同心の顔を照らした。花川は（おやっ）と思った。

その同心の顔が、あまりにも美しかったからである。

（まるで、江戸三座の役者のような……）

野暮天の花川でも芝居見物ぐらいはする。役者たちの美しさには、すっかり魅了させられた。さすがに江戸の歌舞伎役者だ。ドサ回りの旅芝居とは違う、などと感心していたのであるが、その歌舞伎役者たちと比べても遜色《そんしょく》のない美貌が、月明かりに照らしだされていたのであった。

小柄で華奢《きゃしゃ》な体軀《たいく》である。それでいて不敵な薄笑いを浮かべているのが憎々しい。生意気盛りの若者が、身の程も弁《わきま》えずに大言壮語している——そんな姿を思わせた。

（吉永に限って、このような豎子《じゅし》（青二才）に負けるとも思えぬが）

吉永の剣の冴えは、花川も知っている。同心はさらに間合いを詰めてきた。吉永はいよいよ激昂し、

「抜けッ」と、叫んだ。

すると同心は刀の柄に手を添えて、腰を低く落とした。吉永は「ムッ」と眉根を寄せた。

「居合を使うか！」

抜刀寸前の体勢で腰を落とした構えを〝居合腰〟という。同心は口許に笑みを含んだまま、低い体勢で吉永に目を向けてきた。その表情がいよいよ不気味だ。

花川は総身に震えを走らせた。

吉永は、いよいよ引くに引けなくなった。

「やっ！　たあっ！」

大上段に構えたまま、気合の声を発して同心を牽制しようとする。しかし同心はピタリと構えたまま身じろぎもしない。

刀を真上に振りかぶった吉永の胴が、同心の目の前に晒《さら》されている。吉永は相手を威嚇《いかく》するため大きな構えを取ったのだが、いささか裏目に出てしまった。

花川は手に汗握っている。

（しかし……、上段からの斬り落としは速い……）

ズドンと振り下ろせば、その太刀行きは、どんな構えからの一閃《いっせん》よりも速い、ということを、武芸に不心得な花川も知っていた。

（気持ちの勝負だ……）

同心による抜き胴の恐怖に打ち勝って、存分に振り下ろすことができるのならば吉永が勝つ。

吉永と同心は、気合と気合でせめぎ合った。気攻めである。相手の隙を探り、斬りつける隙を誘い出そうと牽制する。まだ一太刀も交わしていないが、気と気で何度も斬り結んでいることが、花川の目で見ても理解できた。

二人の距離は次第に狭まり、一足一刀の境を踏み越えようとしていた。踏み出して刀を振るえば相手に刃が届く距離だ。

吉永は長身で刀も長い。一方の同心は小柄である。

（吉永の刀が先に届く！）花川はそう見て取った。

そして、緊張感の弾ける瞬間が唐突に訪れた。

「キェェエエエッ！」

吉永が怪鳥の雄叫《おたけ》びを発した。瞬間、鋼色の閃光《せんこう》が真下に振り下ろされた。

花川は思わず目をつぶった。

「うっ、おおお……」

うめき声が聞こえた。吉永の声だ。花川は恐怖に駆られて目を開けた。

吉永と同心の立ち位置が入れ代わっている。吉永の刀は真下に切っ先を向け、先端は地面に刺さっていた。同心の刀は十分に振り抜かれて、刀身を夜空に向けていた。

直後、吉永が顔をしかめて、ドオッと倒れ伏した。

「吉永！」

花川は駆け寄ろうとし、ハッとなって足を止めた。あの同心がいる。今度は自分が斬られる番だ。

ところが同心は、倒れた吉永に一瞥《いちべつ》をくれただけで、懐紙を出して刀身を拭い、パチリと納刀してしまった。そして花川に、おぞましい笑顔を向けてきた。

「我らの果たし合い、見届けて頂けたかな？」

花川の返事も待たずに踵《きびす》を返して、悠揚《ゆうよう》迫らぬ物腰で、闇の中に消えていった。

そのとき遠くから、素《す》っ頓狂《とんきょう》な声が聞こえてきた。

「やったやった、斬り殺した！　オイラの旦那は日本一ィ！」

幇間《ほうかん》がヨイショをしているかのような軽薄な声だ。そしてそれきり、なんの物音も聞こえなくなった。

「吉永ッ」

花川は吉永に歩み寄った。肩を揺さぶろうとして息をのむ。手のひらにベットリと血がついたからだ。

斬られた腹から溢れた血が、吉永の着物の全身に染みている。吉永はまだ息があり、何事か呻《うめ》いていたが、すぐにこと切れた。

「うわあああああッ！」

花川は大声で喚《わめ》き散らしながら、屋敷に向かって走り出した。

二

「若旦那、起きてくださいよ」

銀八《ぎんぱち》が困り顔で八巻卯之吉《やまきうのきち》の夜具を揺さぶった。

「もう五ッ半（午前九時ごろ）でげす。そろそろ起きないと、出仕の刻限に遅れるでげすよ」

町奉行所の出仕時刻は朝四ッ（午前十時ごろ）だ。そろそろ巻羽織に着替えて、屋敷を出ないと間に合わない。

昨夜、卯之吉は、深川で巽《たつみ》芸者を集めて派手に遊興をやらかした。この夏の水害で実家の三国屋《みくにや》は救恤金《きゆうじゆっきん》を供出し、金蔵はほとんど空になった。卯之吉への仕送りも減額されたので、金のかかる吉原では遊ぶことができなくなってしまったのだ。

ところがそれでも遊興そのものはやめない。吉原よりは手軽に遊べる深川に拠点を移して、飲めや歌えの大騒ぎ。空が白むころ、ようやく屋敷へ戻って来た。

「まだ眠いよ。いま寝ついたばかりじゃないか」

卯之吉は夜具にしがみついている。

「まったく、とんでもない旦那に仕えてしまったものでげす」

銀八はいよいよ呆れ果てた。

寝ぼけ眼《まなこ》の卯之吉を急《せ》かして南町奉行所に向かう。耳門《じもん》をくぐった所で、筆頭同心の村田銕三郎《むらたてつさぶろう》とぶつかりそうになった。

「ハチマキっ！」

いつにも増して凄《すさ》まじい形相で、村田が怒鳴りつけてきた。顔面は紅潮し、こめかみには太い青筋を立てている。

「今朝はまた、ずいぶんと遅い出仕じゃねぇか！」

卯之吉は平然としたものだが、銀八は「あちゃー」と額を平手で叩いた。

旦那が（親族などから）叱られた時には、かばい立てして代わりに叱られるのも幇間の務めである。銀八は慌てて割って入った。

「へい。うちの若旦那は昨夜《ゆうべ》は遅くまで、と言うか、今朝早くまで――」

「何をしていやがったッ」

「へい。その、いつものように夜回りを。へい」

卯之吉は同心になっても頓着せずに、夜な夜な夜遊びを繰り広げている。当たり前の話だが、そんな事実が発覚したら進退に関わる。そこで卯之吉と銀八は、夜遊びを夜回りと言い換えて誤魔化していた。

卯之吉に言わせると、遊里で多種多様な階層の人々と交わって、話を聞き出すのも、お上の御用に有益――なのだそうである。銀八は（酷《ひど》い屁理屈でげす）と呆れたが、実際にそうやっていくつかの手柄を立てているのだから、ますます呆れた話であった。

銀八が答えた途端に、村田はギロリと目を剝いて、しかもその双眸《そうぼう》を炯々《けいけい》と光らせ始めた。

卯之吉は呑気な顔つきで、

「どうなさいましたえ、村田様。まるで悪党でも御詮議なさっているみたいですよ」

などと嘯《うそぶ》いて微笑《ほほえ》んだ。

村田は卯之吉の軽口には応じない。険しい顔つきで質《ただ》してきた。

「どこを夜回りしていやがった」

「あい。深川の、八幡様の御門前を」

富岡八幡の門前町を中心にして、深川の遊里が広がっている。

「それを証《あか》し立てできる者は」

「はい？　証立て？」

卯之吉は首を傾《かし》げている。銀八は、（これはますますいけないでげす）と思った。

卯之吉が一晩中、深川にいたことを証明してくれる人たちは、実はいくらでもいる。料亭の主人や芸者衆などだ。しかしそれらの人々は卯之吉のことを両替商の三国屋の若旦那だと信じている。

（八巻の旦那がいたことを、証立てしてくれるお人はいないでげす）

卯之吉が三国屋の若旦那に戻って遊興に耽《ふけ》っている間、同心八巻はこの世から消えてしまうのだ。

（それにしても）と銀八は首を捻《ひね》った。

（村田の旦那は、どうして今朝に限って、しつこくこだわるんでげしょうかね）

同じ疑問を卯之吉も感じていたらしい。細面をちょっと傾げて、訊ねた。

「何事か、おありになったのですかえ？」

村田は口許をきつく、への字に結んで頷《うなず》いた。卯之吉は重ねて問うた。

「何が起こったんですかえ？」

村田は、太い鼻息を「ふーっ」と吹いてから、答えた。

「どうやらお前が、人を斬った――という疑いが出てきた」

「はい？」

卯之吉と銀八は、ほとんど同時に目を剝いた。

そして卯之吉は笑った。

「まぁた、ご冗談を」

三

吉原にほど近い畷道に、町奉行所の同心と番太郎、そして吉原の自治組織である四郎兵衛《しろべえ》番所の男衆《おとこし》が集まっていた。さらにはその周囲を、大勢の野次馬たちが取り囲んでいた。

野次馬の中に混じっていた一人の行商人が、いつまでもこうしてはいられない、という顔つきでその場を離れた。

「いたずら者はおらんかな、石見《いわみ》銀山鼠《ねずみ》取り〜」

鼠取りの毒を売って歩く商売だ。三十歳ぐらいの、どこといって特徴もない、ツルリとした卵のような顔だちの男であった。鼠取りの効用が書かれた幟《のぼり》旗を高く掲げて歩いていく。

「ええ、鼠取り〜。石見銀山〜」

いつの間にやら鼠取り売りは浅草を通りすぎ、さらに南下して三筋町《みすじまち》に入った。鳥越明神の北側である。

一軒の仕舞屋《しもたや》の前を通り掛かったとき、締め切られていた表戸が開かれて、髭の剃り痕の青々とした男がヌウッと顔を突き出した。

「おう、鼠取り。寄ってくんな」

「へい。毎度ありがとうございい。……なるほどこれは、鼠の多そうな家だ」

仕舞屋とは廃業した商家の建物のことをいう。そのまま町人の住居として使われることもある。

鼠取り売りは如才ない態度で仕舞屋の土間に入った。しかしその笑顔は、障子戸が閉ざされると同時に、険悪なものへと変貌した。

「見てきたぜ、滝蔵《たきぞう》兄ィ」

「おう、どうだったい、三治《さんじ》」

三治は、鼠取りの入った箱を肩から下ろした。

「町奉行所の役人どもが大勢集まっていやがった。どうやらあの侍どもが仕えていやがる大名家は、手前《てめ》ェんとこの侍《さむれ》ェが殺されちまったってぇことを、誤魔化しきれなかったみてぇだ」

吉原近くの畷道で見てきた有り様を滝蔵に告げた。

滝蔵は太い眉を上下させた。

「大名屋敷が事を内々に済ませるんじゃねぇかと案じてたが、骸《むくろ》を隠すより先に、町人に見つけられちまったんだろうぜ」

「大番屋の番太郎や、四郎兵衛番所の男衆まで出張っていやがった。あれじゃあ隠し通せるもんじゃねぇ」

　滝蔵は達磨《だるま》に似た顔を醜く歪めて笑った。

「こっちの狙い通りになってきやがったな」

　三治も得たりと頷《うなず》き返す。

「天満屋《てんまや》の元締のなされることに、抜かりはねぇや」

「よし。ご苦労だったな。近所の者に怪しまれねぇうちに早く行け」

「ヘイッ、毎度ありがとうござ～い」

　明るい声を張り上げると、三治は仕舞屋を出た。

「いたずら者はおらんかな～。石見銀山鼠取り～」

　物売りの声が遠ざかっていく。

　滝蔵は奥の座敷へ向かった。閉められた襖の前で両膝を揃えた。

「万里《まり》の旦那、よろしいですかい」

　声をかけると、「お入り」と、まだ声変わりも済んでいないような、細くて高い声で返事があった。

「御免被《こうむ》りやすぜ」

滝蔵は襖を開けた。座敷には一人の若侍が座っていた。名を万里五郎助《ごろうすけ》という。苗字のほうは見た目に似つかわしいが、五郎助という名は似つかわしくない、と滝蔵はいつも思っている。

手には抜き身の刀を持っていた。刀の手入れをしていたようだ。

滝蔵は首を竦《すく》めた。

「へっ、おっかねぇ。そのお刀を、納めちゃあもらえやせんかね」

万里はチラリと滝蔵に目を向けた後、刀身に視線を戻してから答えた。

「ダメだよ。昨日、人を斬ったんだ。手入れをしないと斬れなくなっちゃう」

子供染みた口調で、おぞましい言葉をサラリと口にした。

滝蔵は廊下で正座しながら、（この若造めが）と内心で悪態をついた。

（陰間《かげま》茶屋の色子みてぇなツラぁしていやがるくせに、ずいぶんと態度がでけぇぜ）

滝蔵は相撲取りあがりのヤクザ者で、容貌も怪異、道を歩けば皆が恐れて道を譲るほどである。しかし、目の前の若侍は滝蔵をまったく恐れない。それどころか、自分の家の小者に対するかのような口の利きかたをした。

初めて引き合わされた時には、どうにも腹に据えかねて、拳で殴ってやろうかと思ったのだが、今となっては（殴りかからなくて良かった……）と心底から思う。昨夜、勤番侍を一太刀で仕留めた手際を見せつけられたからだ。

（まだ下の毛も生え揃わねえだろうに、まったく恐ろしい腕前だったぜ）

細い腰つきから凄まじい居合斬りを繰り出した。刃の唸《うな》る風切り音と、その切れ味を思い出しただけで震えが走る。

（流石《さすが》は、元締の鑑識眼《めがね》に適ったことだけはあるってことかよ）

万里が、刀身に丁寧に拭いをかけながら訊ねてきた。

「それで、どうだったの」

滝蔵は「へい」と答えて低頭した。

「案の定、大騒ぎになっておりやした。あそこまでの騒ぎになっちまったら、大名屋敷も、町奉行所も、おざなりにゃあできやせん」

「今月の月番は南だったよね」

「へい」

「八巻っていう同心がいる奉行所だね」

万里は傍《かたわ》らに目を向けた。衣紋掛けに黒い紋付きの羽織がかけてある。天満屋の元締が偽造した羽織で、八巻家の家紋が入れられていた。

万里五郎助は昨夜、この羽織を着けて人を斬った。しかし、あまりにも卓越した剣技と足捌《あしさば》きであったがために、返り血はまったくついていなかった。

滝蔵は得たりと笑った。

「その調子でどんどん斬りまくっておくんなせぇ。八巻の評判を叩き落としてやるんでさぁ」

「閉門蟄居《ちっきょ》……あるいは切腹にまで追い込もうって策だね」

万里はつまらなさそうに唇を尖《とが》らせて、しかも正直に「つまらないね」と口に出した。

滝蔵は慌てて両手を突き出した。

「天満屋の元締がお立てなすった企てを、つまらないなんて言っちゃあいけやせん」

「だって、つまらないじゃないか。いちいち回りくどい策だ」

手にした刀を目の前に翳《かざ》す。

「その八巻ってのを、斬ってしまえば済むことだよ」

目を光らせて、そう言った。

「そりゃあ、そうでしょうがね……」

相手は噂の剣客同心。江戸には日本各地から諸大名が集まり、大名家の剣術指南役も揃っているというのに、それらの強豪を差し置いて〝江戸で五指に数えられる〟と噂されるほどの剣豪なのだ。

（無理するこたぁねぇぜ）

そう思う一方で、この若侍と八巻の真剣勝負を見てみたい、と思わぬでもない。

（だけど、どっちにしても剣呑《けんのん》だぜ。この若造は剣術に取りつかれていやがる。剣術のバケモンだ）

虫も殺さぬような顔をして、幼童が遊ぶようにして人を斬る。

滝蔵は身震いした。

（きっと八巻も、似たようなモンなのに違《ちげ》ぇねぇぜ……）

南町同心の八巻。江戸の御府内を守るため、辻斬りたちを退治している――などと建前だけは立派だが、

（本性は根っからの人斬り……人を斬りたくて斬りたくて、しょうがねぇのに違ぇねぇぜ）

滝蔵の脳裏で、万里と八巻の印象が重なった。

（こいつと八巻をかち合わせたら……）

江戸に血の雨が降る。

冷酷非道な悪党で鳴らした滝蔵が、思わず身震いしてしまった。


夕刻、三治が戻ってきた。

「さぁ。参《めえ》りやしょう、万里の旦那」

なにやら遊山にでもでかけるみたいな顔つきで言った。

「うん」

万里は軽い物腰で土間に下りてきた。手には、八巻家の紋が入った黒羽織を下げている。

「その羽織はあっしがお持ちしますぜ」

三治は、どこの古物屋で見つけてきたのか、鋏箱《はさみばこ》を取り出して羽織を中に入れた。

「よっこらせ。さぁ、出掛けやしょう」

鋏箱を担《かつ》いで表道に出る。雪駄《せった》をつっかけた万里が出てきて、どこへ行くとも言わずに歩き始めた。三治が後に続いた。

空は茜色《あかねいろ》から群青色《ぐんじょう》に変わろうとしている。町家の軒行灯《のきあんどん》に火が入れられ始めた。家路を辿《たど》る人々や、飲み屋に繰り出す者たちが行き交う中を、万里と三治が歩んでいく。傍目《はため》には、屋敷に帰る武士とお供の姿と映ったのに違いない。

「今夜はどこへ行く」

勝手に歩き始めておきながら、万里は三治に行き先を訊ねた。三治は「へい」と答えて苦笑した。

「深川の悪所で一暴れしていただこうかと思案しておりやしたが、まるっきり方向は反対だ。……そうですな、柳原土手の辺りで、夜鷹買いの侍を斬るってぇのは、いかがで？」

「場所はどこでもいいよ」

「そいつぁ良かった。柳原土手は夜中にゃあ人気も途絶える場所でさぁ。仕事の後に逃げるのだって苦にならねぇ。存分にお刀を振るっていただけやすぜ」

「そんなことはどうでもいいけれど、そこには強い相手がいるんだろうね？」

「へっ？　強い相手、ですかい」

「昨日の侍はなかなかの遣い手だった。少しばかりは愉しめたよ」

「へい、そいつぁ結構な話で」

「だけど、あれは自分で見定めた相手だ。お前が『斬れ斬れ』と勧めてくる相手は、いかにも弱そうな痩せ浪人ばかりだったじゃないか」

三治とすれば、簡単にこなせそうな相手を選んで勧めていたわけだが、それでは万里は満足できなかったようだ。

「その柳原って場所にね、斬るに値する相手がいなかったらね、帰って寝るからね」

わがまま小僧のようなことを言い出した。

「まぁまぁ、できるだけ良さそうなのを選びやすから。少しの間、辛抱してお付き合いくだせぇ」

宵闇が濃くなってくる。二人の姿が闇の中に沈んだ。

「やあっ！」

甲高い声が闇に響き、続いて、

「ウッ、ムウッ……」

低いうめき声がした。

三治は、大声を発して小躍りした。

「やったやった！　旦那の剣術は日本一ィ！　江戸でも指折りの剣客だ！　ニクイよこのッ、剣客同心ッ」

四

「おいッ、呼子笛だ」

村田銕三郎が夜空の一角を睨《にら》みつけて叫んだ。

「へいッ、あっしの耳にも確かに聞こえやした」

夜回りに従っていた岡っ引き——下駄屋の貫次《かんじ》、人呼んで下駄貫の親分——が走り出した。四つ角で耳を澄ませて、

「柳原土手のほうですぜ！」

と、叫んだ。訊《き》くやいなや村田も走り出す。下駄貫はその後を追った。

しばらく走り続けると、夜にもかかわらず人が集まっているのが見えてきた。

「旦那ッ、あそこですぜ！」

村田は返事もせず、まっしぐらに駆けた。下駄貫が大声を張り上げた。

「退《ど》いた、退いたァ！　南町の旦那の出役だッ、邪魔するんじゃねえ！」

集まっていたのは夜鷹たちであった。役人が来たと知って慌てて逃げ散って、

後には数名の男だけが残された。

「これは、村田の旦那！」

一人の男が前に出てくると、低頭して迎えた。近くの番屋の番太郎だ。当然、村田の顔を見知っている。

その挨拶を聞いて、格子柄の着流しを着けたヤクザ者が身を震わせた。

「げえっ、南町の猟犬……！」

柳原土手は外堀の堤である。昼間は古着屋が屋台を並べ、夜には夜鷹の稼ぎ場となる。こういう場所は地回りのヤクザが仕切っている。行商人や夜鷹が諍《いさか》いを起こさないように目を光らせているのだ。今夜もこうして、騒動を聞きつけて集まってきた。

村田は野獣のような鋭い眼差しを一同に向けた。特に、念入りに、ヤクザ者たちを睨みつけた。最後に番太郎に目を向けて質した。

「呼子笛を吹いたのは手前《てめ》ェか」

「へっ、へいッ」

番太郎は米搗《こめつ》き飛蝗《ばった》のように低頭して答えた。

「おっ、お侍様が、斬られなすったんでございます！」

輪になって立つヤクザ者の足元に、何者かが倒れていた。下駄貫が提灯《ちょうちん》を差し向けて初めて気づいた。──柳原土手はそれほどまでに暗い場所なのだ。

下駄貫が駆け寄って屈み込む。倒れている男の口許や首筋に手をやって、

「こと切れていやす」と、報告した。

「だけど、まだ温《あ》ったけぇや」

「なに」

村田も死体に触れてみた。確かに殺されてまだ間もないようだ。村田はキッと目を怒らせて、ヤクザ者たちを睨みつけた。

「殺《や》ったのは誰でぃ！　手前ェか！」

近くにいたヤクザに向かって決めつけると、その男は濃い眉毛を八の字に寄せて首を横に振った。

「じょ、冗談じゃござんせんッ！　殺ったのは、巻羽織姿の同心様でごぜぇやす！」

「なんだと……！」

村田が絶句する。

「なんだとッ」

下駄貫は八の字眉の男に詰め寄った。

「手前ェ、見ていたってのか！」

「いや、それが親分、なにしろこの暗さだ。良くは見えやしなかったんですが、だけど……」

「村田の旦那の御前《おんまえ》だぞ！　はっきりと物を言いやがれ」

「へい、だけど、巻羽織なんてぇ格好をしていなさるのは、南北の町奉行所の、同心様しかいねぇでしょう」

「羽織の裾ぐらい、誰だってたくしこめるぜ。他には何か、見聞きしなかったのかよ」

下駄貫が問うと、別のヤクザ者――左の眉に刀傷のある男が答えた。

「人斬りが、このお侍を仕留めた時、人斬りのお供が、素っ頓狂《すっとんきょう》なことを抜かしやがりやしたぜ。闇の中でも良く声が響いたから、それだけは間違いねぇ」

周りにいたヤクザ者たちも、「おう。俺も聞いた」と同意した。

下駄貫は質した。

「そいつはなんて言いやがったんだ」

「へい。『旦那の剣術は日本一～』とかなんとか、まるで幇間が、旦那の芸を褒めていやがるみてェな、軽々しい調子で」

下駄貫はハッとして村田に目を向けた。村田は凄まじい形相で歯噛みしている。

「事情はだいたいわかった。お前らは、お骸《ろく》から離れてろ」

下駄貫はヤクザ者たちと番太郎を遠ざけた。死体の前に屈み込む。

「旦那、こりゃあちっとばかし拙《まず》いですぜ」

背後に立つ村田は何も答えない。下駄貫は唇を震わせながら続けた。

「や、八巻の旦那が、斬っちまったんじゃねぇんですかい」

死体に目を向ける。

「こ、こいつぁ……、凄まじい手際ですぜ……」

下駄貫は、筆頭同心の村田から手札を預かる古株だ。何十体もの死体を見てきたが、

（これほど鮮やかな切り口は、今までに一度も見たことがねぇ……）

と、戦慄《せんりつ》を走らせた。

下駄貫は、死体の装束も検《あらた》めた。

「けっこう良い物を着ていなさる。旦那、こりゃあ浪人なんかじゃねぇですぜ。

主持ちとなれば扱いが途端に面倒になる。とかく、武士の世界の仕来りは煩雑だ。

「『当家の家来を殺した下手人はまだ捕まらぬのか』なぁんて、押しかけて来られたんじゃたまらねぇですぜ。ねぇ旦那。……って、旦那？」

いつもならば岡っ引きたちより熱心に死体を検める村田が、この時に限っては十手の先すら向けようとしない。どうしたのか、と思って振り返ると、目を怒らせたまま立ちすくんでいる。

「どうか、しなすったんですかい、旦那」

村田は死体には目も向けずに、呟《つぶや》いた。

「貫次、手前ェ、本当にこれを、あのハチマキがやったんだと思うか」

「えっ？　そりゃあ……」

下駄貫は言いにくそうにしながらも答えた。

「八巻の旦那は、お役者みてぇなお姿だが、ヤットウのほうはたいした腕前だって噂で——」

「誰がそんな噂をしていやがるんだ」

「誰がって、江戸の者はみんな、そう言っていやすぜ。それに今までだって、悪党どもを大勢斬ってこられやしたし、何と言ってもあの荒海《あらうみ》一家が――」

岡っ引きでさえ恐れをなしていた武闘派の侠客、荒海ノ三右衛門《さんえもん》とその子分たちを残らず心服させ、飼い馴らしている。

悪党という手合いは自分よりも強い相手にしか従わない。その事実を下駄貫はよく知っている。つまり、同心八巻は荒海一家が束になっても敵《かな》わぬほどに強いのだとしか考えられないのである。

「八巻の旦那はこれまでにも、とかくの噂がありやした。夜な夜な御府内に繰り出しては、辻斬りどもを成敗している、だとか」

下駄貫は冷や汗を拭ってから続けた。

「さっきのヤクザが聞いたっていう、幇間のヨイショみてぇな声ってのも、銀八の声に違ぇねぇですぜ。あんな素っ頓狂な小者は、他におりやせん」

下駄貫はもう一度、死体に目を向けた。

「だけど、今度ばっかりは、八巻の旦那のしくじりかもしれねぇ。この仏は辻斬りなんかじゃねぇですぜ。どう見たって、歴《れっき》としたお侍だ」

村田銕三郎は一言も発せずに、顔をしかめているばかりであった。

五

「だいぶ、涼しくなってきましたねぇ」

南町奉行所に出仕するやいなや卯之吉は、長火鉢の前に陣取って、悠々と茶を淹《い》れ始めた。もちろん、淹れるのは自分の飲む分だけだ。大店《おおだな》の若旦那として育った卯之吉は、人に給仕してもらうことはあっても、人に給仕したことなど一度もない。

そんな卯之吉を、同心詰所に集まっていた同心たちが、恐る恐る、見つめている。机に向かっている者もあったが、筆はまったく動いていない。横目で卯之吉の様子ばかりを窺《うかが》っていた。

そんな不穏な空気には一切気づかずに、ゆるゆると茶を喫していると、小者が廊下を渡ってきて、同心詰所の障子の外で両膝を揃えた。

「八巻様、沢田《さわだ》様がお呼びにございます」

「おや」

卯之吉は顔を上げた。

「御用部屋でお待ちかえ？」

小者はいつになく難しい顔で頷いた。卯之吉は（こんな朝早くから、なんだろうねぇ）などと、首を傾げながら腰を上げた。

内与力用部屋に向かうべく、廊下を歩いていく。卯之吉が立ち去ると同時に、同心たちが一斉にため息をもらした。

「ついに、ご裁断か」

この中では一番の年嵩《としかさ》の、吟味物書方《ぎんみものかきかた》同心が嘆息した。

「八巻もあれで、なかなか良く働いていたのだがなぁ」

高積見廻《たかづみ》同心が話を受けて頷いた。

「侍を二人も斬ったとあっては、ただでは済まされまい」

風烈《ふうれつ》見廻の若い同心が訊ねる。

「やはり、大名屋敷から届けがあったのでしょうか」

吟味物書方同心が、渋い顔つきで答えた。

「届けがあろうが、なかろうが、もはやどうにもなるまいよ」

「では、……切腹？」

「最悪、それもあるだろうな」

吟味物書方同心は、長火鉢のほうを見て、嘆息した。

「あんな奴でも、いなくなると思うと、寂しいものだなぁ」

一人だけ、自分の身に何が起こっているのかの自覚がない卯之吉は、いつものようにのんびりとした足どりで廊下を巡って、内与力用部屋の前で膝を揃えて正座した。

「八巻でございます」

「入れ」

障子は既に開けられている。沢田彦太郎《ひこたろう》は苦虫を嚙み潰したような顔で机に向かっていた。それはいつものことなので、まったく気にかけることもなく、卯之吉は用部屋に入って正座し直した。

「お呼びにございますか」

「うむ」と答えて沢田は、上目づかいにチラッと視線を向けてきた。

「今日よりしばらくは、出仕に及ばず」

険しい口調で言い渡した。

「はい？」

卯之吉は阿呆《あほう》ヅラを晒して訊き返した。

「それはつまり、奉行所に出てこなくても良いという仰せでございますかえ」

「その通りだ」

瞬間、卯之吉の顔がパッと明るくなった。

「それはありがたい思し召《おぼ》しでございますよ、沢田様！」

これで毎日遊んでいられる。早くも遊興に心遊ばせているような顔をした。

沢田は呆れた。

「そなたは、自分が今、どういう立場に置かれておるのか理解しておらぬのか」

「はい？」

卯之吉は本当にわけがわからなかったので、わからない、という顔つきで見つめ返した。沢田は顔を赤く染めて、痩せた顔に怒気を滾《たぎ》らせた。

「今、そなたには、侍殺しの嫌疑がかけられておるのだぞ！」

「へっ？　わたしに？」

卯之吉は目を丸くして、自分の鼻を指差した。

「何を仰《おつしや》っているのか、さっぱり飲みこめません」

一連の事件の詳細を、わざわざ卯之吉に語って聞かせる同心など、一人もいなかったのだ。

当たり前である。同心たちは皆、卯之吉は自分が何をしでかしたのかを理解しているはずだ、と信じていたからだ。

卯之吉だけが奉行所で蚊帳《かや》の外に置かれていたわけだが、それはいつものことだし、皆に微妙な顔を向けられたところで、それを気に病む卯之吉ではない。結果として卯之吉は、なにも気づかぬままに時を過ごしていたのだ。

卯之吉は、不思議そうな顔で訊ねた。

「どうしてあたしみたいな放蕩者が、お侍様を斬れるって言うんです？」

「それはお前が剣客同心だからだ」

卯之吉はますます怪訝《けげん》な顔をした。

「あたしは札差の家に生まれた素《す》ッ町人《ちょうにん》ですよ？　沢田様は、よくご存じでいらっしゃいますよね？」

「わかっておる！　だが、皆はそうは思っておらん！」

「それなら皆様に説明してくださいましよ」

沢田の頭から湯気が上った。

「馬鹿を申すな！　そなたが同心株を手に入れた経緯《いきさつ》を、おおっぴらにできるわけがなかろう！　札差が金に物を言わせて無理やり同心株を買い叩いた。その手助けをしたのがこのわしだ、などということが世に知れれば、わしも、三国屋も、それにお奉行だって、世間の指弾に晒されるのだぞ！」

「はぁ、なるほど。それは困りましたねぇ」

卯之吉はすっ惚《とぼ》けた顔で小首を傾げた。

「つまりはあたしがお侍様を斬った、ということにしておくのが一番良いってことなんですかねぇ？」

それを認めたら、お前は腹を切らされる、と言おうとしたのだが、沢田は黙っていることにした。

「そういう次第だからな、お前は屋敷に戻って謹慎いたしておれ」

「はい。それでは」

早くも腰を上げた卯之吉に、沢田は太い釘を刺した。

「屋敷から出ることは罷《まか》り成らぬぞ」

「えっ」

初めて卯之吉の顔色が変わった。

「……どこにも遊びに行ってはダメってことですかぇ？」

「当たり前だ。特に、吉原などは以ての外だ」

「深川は」

「深川も、他の悪所も、全部ダメ！　わかったら、とっとと帰って、家の門を閉ざしておけ！」

卯之吉は切なそうに唇を尖らせて、それでも一言、抗弁した。

「同心様のお屋敷には、門などございませんよ」

「ならば扉を閉めておけ！」

怒鳴りつけられて卯之吉は、悲しげな顔で用部屋を下がった。

廊下を歩いて、同心たちの出入り口である框《かまち》に向かう。その横顔を詰所の同心たちが、恐る恐る見つめていた。

「見たか、今の八巻の顔」

「今にも泣きだしそうであったな」

「太平楽な八巻が、あのような顔をするとは」

「これはいよいよ、切腹を仰せつけられたに相違なしだ」

口々に囁《ささや》きあいながら、卯之吉の背中を見送った。

卯之吉は自分の屋敷に戻ると、座敷の真ん中で大の字に寝転んだ。

美鈴《みすず》が怪訝《けげん》な顔でやってきた。

「銀八さんから聞いたんですけど、帰って良いと言われたそうですね」

卯之吉は寝そべったまま答えた。

「うん。骨休めをしろ、ということでしょう」

いまだに自分の身に何が起こったのかをいま一つ理解しきっていない卯之吉は、大きな欠伸《あくび》を一つ漏らした。

「寝直しますよ。お布団を敷いてください」

「何を言ってるんですか！　お行儀が悪い」

美鈴は、卯之吉がいつもの調子なので、すこし安堵《あんど》した顔つきで台所へ戻っていった。

「やれやれ。昼寝もできませんか」

卯之吉は多趣味多才な男であったが、遊びはもっぱら外でする。家の中で何かをするという習慣がない。

「仕方がない。久しぶりに薬種でも磨りますかねぇ」

押し入れの奥から薬研《やげん》を引っ張りだしてきて、薬の調合など始めた。

卯之吉は何かに没頭すると、すぐに時間を忘れてしまう。二刻（四時間）ほど経って、売るほど薬ができたところへ、三右衛門が駆けつけてきた。

「ああ、荒海の親分さんだねぇ」

台所口の物音を耳にして、卯之吉はほんのりと微笑んだ。

「今日はまた、一段と慌てていなさるようだよ」

何かに蹴躓《けつまず》いて、蹴倒した音が聞こえた。ドタバタと廊下を走って、三右衛門が顔を突き出した。

「だ、旦那ッ」

そう言ったきり絶句する。その目には見る見るうちに、涙が溜まり始めた。

卯之吉は仰天した。

「ど、どうしなすったえ、親分さん」

「どうしたもこうしたもございやせんッ」

座敷に飛び込んできて、空中で両膝を畳んで、正座の形でドンッと着地した。

「うわっ」

磨り潰したばかりの薬が盛大に舞い上がった。卯之吉は「ゴホゴホ」と咳きこんだ。

「気をつけておくんなさいよ――」

「旦那ッ」

三右衛門が身を乗り出してきて、卯之吉の手を両手で摑んだ。

「旦那に着せられた濡《ぬ》れ衣《ぎぬ》は、きっとこの三右衛門が晴らしてご覧にいれやす！」

三右衛門は赤坂新町《あかさかしんまち》に根城を置く俠客で、裏の社会にも通じている。当然のように卯之吉の受難を聞きつけたのだ。

「ちょっと、どういうこと？　親分」

血相を変えて訊ねたのは美鈴だ。三右衛門の怒鳴り声を聞きつけ、座敷に入ってきた。

三右衛門は、男泣きに泣いて、太い拳でゴシゴシと目を拭った。

「旦那に、侍殺しの嫌疑がかけられちまってるんだよォ！」

「ええっ！」

美鈴が仰天して、卯之吉に目を向けた。

卯之吉は（面倒なことになりましたねぇ……）などと、他人事《ひとごと》のように思っている。感情の過多なこの二人をどうやって慰めようか、などと、やっぱり自分の置かれた立場にはまったく気づかぬ様子で考え込んだ。

六

昼過ぎ、三治は鼠取りの箱を肩から下げて、三筋町の仕舞屋に入った。

表戸が閉ざされた店先は相変わらず薄暗い。沓《くつ》脱《ぬ》ぎ石に上がるより前に、滝蔵が顔を覗かせた。

「滝蔵兄ィ。八巻の野郎が閉門を仰せつけられたようですぜ。しょんぼりとした顔つきで屋敷に戻って来やがった。この目で見たから間違いねぇ」

三治は鼠取りを売り歩きながら、八丁堀を見張っていたのだ。

「ようし、良くやったぜ」

滝蔵は達磨に似た顔を綻《ほころ》ばせた。

「これからも八巻の屋敷からは目を離すんじゃねぇぞ」

当座の金を二百文ばかり、銭緡《ぜにさし》で渡した。金をもらった三治は「合点だ」と答えて出て行った。

滝蔵は奥の座敷に戻った。

「どうやら、首尾よく運んだようですぜ、元締」

座敷には天満屋の元締——と呼ばれる男が、悠然と座して莨《たばこ》をふかしていた。

滝蔵は正座して膝ですり寄って、柄にも似合わぬ愛想笑いを浮かべた。

「流石は元締だ。あの八巻をまんまと嵌《は》めちまうなんて。まったくもっててえしたもんですぜ！」

天満屋は、取り合う様子も見せずに、煙管の灰を灰吹きに落とした。

「八巻というお役人、どうやら剣の腕前は本物のようだ。これまでに斬り捨ててきた悪党の数々を調べさせてもらったが、よくもこれだけの手練《てだれ》を仕留めてきたものだと、やつがれも少しばかり、感心してしまったよ」

滝蔵は調子を合わせて頷いた。

「へい。江戸っ子どもは八巻のことを、江戸でも五本の指に数えられるヤットウ遣いだ、なぁんて抜かしていやがるほどでして」

「その噂、まんざら嘘でもないだろうね。そんなお役人とまともにやりあおうなんて、どだい無理な話さ」

「そこで、搦手《からめて》から攻めようって魂胆ですな」

「そうだ」

天満屋は煙管に刻み莨を詰め始めた。

「辻斬り狩りの八巻サマが、誤って大名家のご家来を斬ってしまった。……ということになれば只では済まない。良くて閉門。悪くすれば切腹」

「邪魔者はいなくなるって寸法だ」

「南北の町奉行所きっての切れ者で、どんな大悪党が挑んでも敵わなかった八巻だ……。しかし、そんな八巻も、奉行所の上役には敵うまい」

「ざまあ見やがれですぜ」

その時、座敷の柱に背中を預け、濡れ縁に座っていた万里五郎助が、一言、

「つまらないね」と、吐き捨てた。

天満屋は眉間をピクリと震わせて、莨を持つ手を止めた。滝蔵は、万里の暴言に焦って、座り直した。

「な、なんてぇことを仰いやすか万里の旦那。そりゃあ確かに旦那はお侍だ。だけど裏の世界では、侍も町人もねぇ！　元締の言うことが絶対なんですぜ」

「まぁいい」

天満屋は片手で滝蔵を制した。それから涼しげな視線を万里に投げつけた。

「万里様は、なんぞ含むところがおありなのですね」

「うん」

万里は、不貞腐れた小僧みたいな顔で頷いた。

「つまらないよ。その八巻って同心と、最後には斬り合えると思ったからこそ江戸に出てきたのに……。閉門？　切腹？　そんな御沙汰が八巻に下っちまったら、斬り合いができなくなるじゃないか」

天満屋は含み笑いをした。

「この江戸には、強いお侍が他にいくらでもいますよ。万里様には、もっともっと強い相手と戦って頂こうと思っている次第です」

万里は目を上げて天満屋を睨んだ。

「今度はちゃんと斬らせておくれよ！」

天満屋は思わず失笑した。

「これは、たいした御方だ」

笑いながら煙管の莨に火をつけた。

七

翌朝、時の老中、本多出雲守《ほんだいずものかみ》が登城しようとして、身支度を整えていると、老中用人が入室してきて平伏した。

「いかがした」

出雲守は小姓に渡された扇子を腰に差しながら、用人には目も向けずに訊ねた。

老中用人とは、老中の政務を補佐する役職で、幕政の全てに通じている。老中交代の際には、先任の老中から後任の老中へ引き継がれることもあるという重職だ。

用人は低頭してから、答えた。

「三国屋徳右衛門《とくえもん》が、まかり越しましてございまする」

出雲守はチラリと顔を上げて、遠くを見る目つきをした。

「三国屋が、こんな刻限にか」

「いかが取り計らいましょう」

「会う。座敷に通しておけ」

用人が驚いて顔を上げた。

「登城の刻限にございまするが」

「構わぬ。徳右衛門が先じゃ」

用人は台所口に向かい、玄関前の支配である若党を呼んだ。若党とは身分を示すもので実際の年齢とは関わりがない。この若党は四十代だ。継裃《つぎがみしも》に半袴を着けていた。

用人が何事か告げると、若党は「ハッ」と答えて玄関前の広場に走った。

玄関前には老中のお供が勢ぞろいしていた。先頭の槍持を始めとして、徒《かち》侍《ざむらい》、乗物（身分が高い人物が使う駕籠は、乗物と呼ばれる）を担ぐ陸尺《ろくしゃく》、鋏箱や合羽入れを担いだ中間《ちゅうげん》や小者たちが列を作っていた。参勤交代の大名行列とほとんど同じ規模である。この大人数で威風堂々、江戸城に乗り込むのである。

若党は行列の脇を抜けて門へ走った。老中の屋敷には幾つもの門がある。その内の一つ、町人や職人が通る門の前に、三国屋の主人、徳右衛門と、南町奉行所の内与力、沢田彦太郎が立っていた。

「こちらへお通りください」

沢田は徳右衛門の付き添いなのだが、若党は沢田に向かって低頭した。沢田は頷いてから、徳右衛門を促して、老中の屋敷に入った。

若党は今度は行列に向かって走り、行列を宰領する徒侍に何事か囁いた。徒侍が行列の者たちに合図する。

先頭の槍持から最後尾の小者たちまでが、一斉に折り敷いてしゃがみ込んだ。

その場に膝をついて、待機の態勢をとる。
徳右衛門の財力が、行列の出発を止めてしまったのである。

第二章　新二郎が征《い》く

一

　徳右衛門と沢田彦太郎は、表御殿にある広い座敷に通された。

欄間や襖絵など、ずいぶんと贅《ぜい》を凝らした造りである。卯之吉ならば目を輝かせて鑑賞したであろうが、徳右衛門は金儲け以外の趣味は持たない。仕事で金儲けに精を出して、根《こん》がつまったら、今度は息抜きに金儲けをする。徳右衛門とはそういう男であった。

　金儲けの他に関心があるとすれば、それはただ一つ、可愛い卯之吉の行く末である。守銭奴で知られた徳右衛門だが、卯之吉に関することにだけは、散財を惜しむことはなかった。

一方の沢田は落ち着きなく座っている。元々顔色の悪い男なのだが、いつにも増してドス黒い顔をしていた。

「御登城の前に押しかけたりして、お叱りを被《こうむ》るのではなかろうか」

視線をオドオドと彷徨《さまよ》わせている。

しかし徳右衛門は、すっかり腹をくっていた。

「なぁに、ご心配には及びませんよ」

叱るぐらいなら最初から無視して登城するはずだ。わざわざ登城を遅らせてまで「会おう」と言うのであるから、お叱りを受けるはずもないと判断した。

(日頃の賄賂《まいない》は、こういう時のためにあるのですからね)

そもそもの話、本多出雲守が老中に就任できたのは、三国屋が潤沢《じゅんたく》な工作資金を融通したからなのだ。

老中に就任できる候補者は何十人もいる。老中就任競争の勝敗を決するものは、なんといっても金であった。将軍や、先任の老中や、大奥や、時には役人の端々にまで、金を贈って籠絡《ろうらく》せねばならない。賄賂の多寡《たか》で勝負が決まるのだ。

(出雲守様は金蔓《かねづる》である三国屋を見捨てたりはなさいますまい)

徳右衛門は、そう確信している。

すぐに本多出雲守が入ってきた。徳右衛門と沢田は畳にへばりつくようにして平伏した。出雲守が一段高い上座に座った。

「面を上げよ」と、太い声で言う。

「挨拶は抜きじゃ。なにしろ登城前なのでな」

沢田が挨拶の口上を述べようとしたのを制して、徳右衛門に目を向けた。

「その方の救恤金《きゆうじゆつきん》のお陰で、ずいぶんと復興が進んでおる。公領の領民どもも喜んでおるぞ」

徳右衛門はますます深く平伏した。

「手前ごとき商人の端金《はしたがね》がご公儀の一助となろうとは……。この三国屋徳右衛門、末代までの誉にございまする」

この夏、関八州の公領（徳川幕府の直轄領。天領）が大洪水で被災した。破壊された堤防を築き直したり、水に浸《つ》かった田畑を復旧するために、三国屋は私財の数十万両を投げ出したのだ。

三国屋の本業は札差で、札差は武士の領地で取れる米（年貢米）を売り買いする商売である。公領の復旧が三国屋の儲けに直結するわけだから、私財の供出は長い目で見れば三国屋の利益となる。

一方、幕府の重職たちからすれば、三国屋がその大金を誰に預けるのか、ということが問題になる。三国屋の金を握った者が、公領の復旧責任者となり、絶大な権力を握ることとなるのだ。

結局、金は本多出雲守の差配するところとなった。出雲守は三国屋の金を右から左に動かすだけなのだが、領民たちからは感謝され、役人たちからは頼もしく思われる。

出雲守とすれば、登城を後回しにしても徳右衛門に会わねばならない理由がそこにあるのだ。

「して、何用じゃ。朝から押しかけて参るのだから、よほどのことがあったのであろう」

徳右衛門は、酸っぱいなにかを食べたような顔つきで頷《うなず》いた。

「左様でございますとも。よほどのことがございました」

「構わぬ。わしとそちとのつきあいだ。話を聞こうではないか」

「まことに有り難き幸せにございます」

徳右衛門は再び平伏してから、答えた。

「実は、手前の孫の卯之吉に、お侍様殺しのご嫌疑がかけられておるのでございます」

「んん？」

なにを申しておるのかわけがわからぬ、という顔つきで、出雲守は沢田にも目を向けた。殺した、だの、殺されただのという話なら、沢田の職分であろうと思ったのだ。

沢田彦太郎は、吉原近くの畷道《なわてみち》と、柳原土手で相次いで起こった殺人事件のあらましを、出雲守に語った。

「馬鹿な」

出雲守は失笑した。

「徳右衛門の孫は町人育ちではないか。なにゆえ町人風情が、侍を切り殺せると申すのだ」

市中の噂は老中の耳には届かない。卯之吉が剣豪呼ばわりされていることも知らなかった。

徳右衛門は作り笑顔で相槌《あいづち》を打った。

「さすがのご賢察にございまする」

お世辞を言われて出雲守は、かえって不機嫌そうな顔をした。

「かような道理、誰でも飲みこんでおろう」

当たり前のことを口にして「頭が良いね」と褒められたのでは、馬鹿にされているとしか思えない。

徳右衛門は慌てて続けた。

「されど、世の中には、道理の通じぬ方々もあまたいらっしゃいまして……」

「誰のことだ」

「手前の孫の卯之吉の手で斬り殺された——と訴えていらっしゃる、御家中の方にございます」

出雲守は沢田に目を向けた。

「殺されたのは、何処《いずこ》の家中の者なのだ」

沢田は答えた。

「柳原土手で殺されしは、旗本六百石の小普請、和田《わだ》家の家来でございました」

「六百石の小普請か。黙らせることなどわけもなかろう。わしが手を下すまでもない。用人に申しつけておく。……して、もう一人は」

「吉原近くで殺された武士は、盛垣《もりがき》家の御家中でございました」

「盛垣？　木っ端《こっぱ》大名ではないか」

「陸前松岡《まつおか》藩三万石にございます」

「馬鹿馬鹿しい」

出雲守は吐き捨てた。

「三万石の外様大名風情が何を申して来たとて、取り合うことはない」

出雲守は、あの卯之吉が武士を斬り殺せるはずがないと思っているから、無罪の証拠すら必要としていない。盛垣家が横車を押してきたとしか考えられないのである。

「なんぞ申して参ったのなら、こう言い返してやるが良い」

「ハッ」

「そもそも、そのような刻限に吉原などに赴く方が悪い。士道不覚悟である。まして、凶賊風情に斬られるとは何事か、とな」

「いかにも、武士にあるまじき失態かと存じまする」

沢田が答えた。徳右衛門も、士道に口を挟むのは遠慮して言葉には出さなかったけれども、大きく何度も頷いた。

「それでもなお難癖をつけて参るようなら構わぬ。このわしが大目付に命じて盛垣家に脅しをかけてくれよう。フンッ、武士の身でありながら吉原などに入り浸

ると は許し難き所業じゃ。藩ごと取り潰してくれても飽き足りぬわ」

誰よりも吉原に入り浸っているのは卯之吉なのだが、そうとは知らぬ出雲守は、卯之吉を救うため、殺された武士の吉原遊興のほうを咎《とが》めてやれ、と沢田に命じたのであった。

「左様ならば、わしは登城する」

立ち上がって座敷を出ようとしたところで振り返り、徳右衛門を見おろした。

「関東郡代が、入間《いるま》川の堤の修築にかかっておる。あと五千両ばかり入り用だと申しておった」

徳右衛門は恭《うやうや》しく平伏して答えた。

「今宵の内にも、お届けに参じまする」

頼むぞ、とも、かたじけない、とも言わずに、出雲守は出ていった。

沢田は、フウッと大きな息を吐いた。

徳右衛門も額の汗を懐紙で拭う。

「上手くいきました。これで卯之吉は救われました」

「うむ。早速にもお奉行に申し上げ、八巻の蟄居《ちっきょ》を解くといたそう」

「よろしくお頼み申し上げまする」

徳右衛門は今度は沢田に向かって低頭した。

二

「若旦那ッ、若旦那！」

次の日の朝、卯之吉が就寝している座敷に、銀八が飛び込んできた。

「若旦那、起きて！　起きてくださいよ！」

夜具の上から卯之吉の身体を揺さぶる。

「ああ、もう煩《うるさ》いねぇ……」

卯之吉は夜具を頭の上まで引っ被りながら呻《うめ》いた。

「せっかくお休みを頂戴したんだ。もう少し寝させておいておくれよ」

「お休みじゃねえでげすよ！　蟄居でげす！」

「同じことだよ。出仕しなくてもいいって言われたんだから」

「その蟄居が解けたんでげすよ！」

「えっ？」

卯之吉は夜具の中でギクリとした。急に眠気が吹っ飛んだ。

銀八は夜具の上に馬乗りになって続けた。

「今、南町のお奉行所から使いの者が来やして、嫌疑が晴れたから出仕しろってぇ、沢田様のお言葉を伝えて参りやした」

「おやおや」

卯之吉はムックリと起き上がると、背伸びをしつつ、さらには大きな欠伸《あくび》を漏らした。

「せっかくの骨休めだったのに、これはなんの嫌がらせかねぇ。もうお休みはお終《しま》いかい」

（骨休めでも、お休みでもねぇでげす）と言いたかったのだが、銀八は黙っていることにした。

とにかく、この怠惰な旦那をその気にさせて、南町奉行所まで連れて行かねばならない。

「蟄居が解けたっていうことは、もう、このお屋敷に閉じこもっていなくてもいいってことでげす。吉原でも深川でも、好き勝手に遊びに行ってもいいっていう、沢田様の有り難いお志でげすよ！　さぁ、沢田様に御礼を申し上げに行くでげす！　沢田様がヘソを曲げてしまって、また蟄居を命じられたらつまらないでげすからね」

ノソノソと起き出した卯之吉を立たせると、夜着を脱がせて着替えをさせた。

「行ってらっしゃいませ〜」

こちらもホッと安堵《あんど》の顔つきで明るい声をあげた美鈴に見送られ、卯之吉は頼りない足どりで南町奉行所へと歩きだした。

「ああ、お天道様が眩《まぶ》しいねぇ……」

蟄居の間は雨戸も締め切りにしておかねばならない。卯之吉は目を瞬《しばたた》かせて、小手を眉の上に翳《かざ》した。

（あれはまさか、八巻ッ……！）

天水桶の陰で一休みをしていた芋売りが、手拭いのほっかむりで隠した顔をこわばらせた。

（八巻が屋敷から出て来やがった！　こいつぁいってぇ、どういうこった）

いつもは鼠《ねずみ》取りを売り歩いている三治だが、いつも同じ売り物では顔を見憶えられてしまうので、今日は在郷の百姓が芋を売りに来たふうを装っていた。そして卯之吉が出仕する姿に目を止めて、ギョッと両目を見開いたのだ。

(大変《てえへん》だ！　天満屋の元締に報《しら》せなくちゃならねぇ！)

　三治は芋が入った笊《ざる》を慌てて担《かつ》ぐと、芋がこぼれ落ちたのを拾おうともせずに走り出した。

「おい」

　芋を拾った男が声をかけてきたが、聞こえなかったふりをして走る。


「妙な野郎だ」

　三右衛門は手にした芋と、走り去った芋売りの背中を交互に見つめた。

「旨《うま》そうな芋だけどな」

　食べ物を地面に転がしておいては罰が当たる。落ちていた芋を全部拾い集めてから卯之吉の屋敷に入った。すぐに台所から美鈴が飛び出してきた。

「ああ親分、良かった。今、親分にも報せようと――」

　蟄居が解けたことを伝えると三右衛門は飛び上がって喜んだ。

「そいつぁ良かった！　ようし、今夜はこの芋を肴《さかな》に祝い酒だ」

　土間の莚《むしろ》に芋を転がす。

「おっと、こうしちゃいられねぇぞ。旦那のお供をしなくちゃならねぇ。銀八だけじゃ頼りねぇからな！」

　三右衛門は卯之吉を追って南町奉行所へと走りだした。

三

「なにっ、八巻が許されちまっただとッ」

　三筋町の仕舞屋《しもたや》で滝蔵が両目を見開いた。

　報せを寄せたのは三治だけではなかった。南町奉行所に張り付けておいた太吉《たきち》という若衆も駆けつけてきて、息せき切って報告したのだ。

「南町の小者たちが口々に噂していたから間違いねぇですぜ！　八巻の疑いは晴れて、元の勤めに戻っちまいやしたぜ！」

　見聞きしてきたことをそのままに太吉が叫んだ。

「……どういうこった」

　滝蔵は達磨《だるま》に似た顔を真っ青にさせると、額に冷や汗を滲《にじ》ませ始めた。

　三治も身を震わせている。

「八巻の野郎が、手前《てめ》ェで手前ェの濡《ぬ》れ衣《ぎぬ》を晴らしちまったのかもしれねぇ」

「なにっ、どういうことだ」

三治は恐怖に震える視線を、滝蔵に向けた。

「八巻は剣の腕が立つだけじゃねぇ。千里眼ともいわれる眼力の持ち主だ。頭だってすこぶる切れるって話ですぜ」

滝蔵も、三治の言わんとしていることを理解した。

「八巻の野郎が手前ェの身の証《あかし》を、手前ェで立てやがったってことかい」

「他には考えられねぇ」

「おい、ちっと待て！」

滝蔵はさらに恐ろしい事態に思い当たった。

「もしかするとそりゃあ、オイラたちがしたことを、八巻に嗅《か》ぎつけられちまったってことじゃねぇのか！」

八巻の千里眼が自分たちの悪事を見透かしたのかも知れない。今もこうして喋っている姿を、どこからか見ているのではないか——そんな恐怖に襲われて、滝蔵は冷や汗を滴らせた。

「ど、どうする。八巻がここに押し込んで来るかもしれねぇぞ！」

三治と太吉も、歯の根が合わぬほどに震えている。滝蔵は二人を交互に見ながら言った。

「ここを引き払った方が良いかもしれねぇ」

隠れ家を変えて、八巻の目から逃れるのだ。

三治と太吉が同意しようとしたその時であった。

「その必要はないよ」

きっぱりとした声が仕舞屋の奥から響いてきた。土間に通じる杉戸が開かれて小柄な影が姿を現わす。色白で愛らしい顔をニッコリと微笑ませると、強面《こわもて》の悪党三人を見渡した。

「八巻が乗り込んで来るっていうのなら、構わない。乗り込ませたらいいよ。返り討ちにしてやるだけさ」

得意気な顔つきで、腰に差さった脇差をポンと叩いた。

まったくもって恐れ入った自信だが、「はい、仰《おつしや》る通りですね」とは答えられない。滝蔵は恐る恐る、下手に出た。

「万里の旦那はそうお考えでしょうが、この件を宰領していなさるのは天満屋の元締だ」

滝蔵は土間に下りて雪駄《せった》をつっかけた。そして三治に耳打ちした。

「元締ン所に顔を出してくる。手前ェは、あの若侍から目を離すな」

三治とすれば、八巻も恐いが万里も恐い。どちらも常識の通じぬ人斬りだ。頷きながらもゴクッと喉を鳴らしてしまった。

滝蔵は戸を開けると、表に飛び出していった。

四

江戸屋敷詰めの勤番侍、吉永春蔵が町奉行所の同心に誤殺された——という報せは、早馬によって国許に伝えられた。

吉永春蔵が仕えていた大名家、松岡藩三万石、盛垣家は、深い山懐に抱かれた盆地に居城を置いていた。秋の訪れは江戸よりも早く、木々はすでに赤く色づき始めていた。

「なにっ、兄上が討たれただとッ」

殺された春蔵の弟、吉永新二郎《しんじろう》は、小さな眼《まなこ》を精一杯に見開いて叫んだ。

新二郎は二十歳。五尺五寸（約百七十六センチ）の大兵肥満。肩幅の広い、頑強な体格をしている。丸顔で厳めしく、それでいてどことなく愛嬌のある顔だちで、なにやら小熊を連想させる男であった。

新二郎は城下の外れにある剣道場でたった一人、無心に木剣を振っていた。そこへ家の老僕が駆けつけてきて、兄の横死を伝えたのだ。道場の外の庭先に膝をついて、うなだれている。

「何者に、何者に討たれたというのだッ。次第を申せ！」

新二郎は道場の床板をダンダンッと踏み鳴らして飛び出して、裸足で地べたに飛び下りると、老僕の襟を両手で摑んだ。

「御舎弟様、お声が高い……！」

老僕が、左右に目をやって声をひそめた。新二郎も「ハッ」と我に返った。

兄は一家の当主である。一家の主が横死を遂げると、家そのものが取り潰される可能性があった。

（つまりは、そういうことか）

兄の死は、けっして誉められたものではなかったようだ。家中の同輩たちにも秘匿せねばならぬ不祥事なのに違いあるまい。

新二郎はきつく瞼を閉じて、奥歯を嚙みしめた。

（兄の死すら、満足に悼《いた》むことができぬのか！）

口惜しくて涙が溢れそうだ。新二郎は小声で、しかも声を震わせながら、老僕に質《ただ》した。

「兄上は、どのようなご最期を遂げられたのだ」

老僕は首を横に振った。

「あっしにゃあ、わからねぇですだ。今、お屋敷に、国家老様のお使いが見えられて、ご母堂様と密談をなさっておられますだ」

「御家老のお使いがか」

つまり、国家老は事の次第を知っているということだ。新二郎は片肌脱ぎにしていた腕を、袖の中に入れた。

老僕が不安そうに見上げる。

「ど、どうなさるおつもりだべか」

「言うまでもない」

新二郎は刺し子の稽古着の襟を正した。

「御家老に、お目にかかって参る！」

「な、何を仰いますだべか！　お、お待ちくだせぇ！」

取りすがろうとする老僕の腕を振り切って、新二郎は走り出した。

武家屋敷が並んだ城下の通りを真一文字に駆けていく。その凄《すさ》まじい形相を見て、町人たちが慌てて道を空けた。

「吉永の舎弟が参っただと？」

国家老の小倉備前《おぐらびぜん》は露骨に顔をしかめた。

家老屋敷の奥座敷で判物《はんもつ》（行政書類）に目を通していたところだ。書院棚の窓の向こうに、庭の紅葉が映えていた。

小倉備前は座敷の下座を向いて座り直した。開け放たれた障子の向こうに一人の家来が平伏していた。

小倉家老は家来に質した。

「吉永の母親には、事の次第を言い聞かせたのであろうな？」

家来は僅《わず》かに顔を上げて答えた。

「その弟、母親から道理を言い聞かされる前に、駆けつけて来たものと思われまする」

小倉は心底、不快そうな顔をした。

「吉永の舎弟らしい振る舞いだ。剣術馬鹿めが、始末に困る」

「いかがいたしましょう。追い返しましょうか」

「そうもゆくまい。無下に扱えばますますムキになる。勝手に国許を出奔して、江戸に走られては面倒だ」

「謹慎を申しつけては？」

「吉永の家は、我が藩にとっては名誉の家だ。あの家からは、藩公の御生母を出したこともある」

　吉永家から城に上がった側室が、五代目当主の生母となった。当代の殿様も僅かながら吉永家の血を引いている。その吉永家に対して、蟄居や謹慎などという、不名誉極まる仕打ちを命じることはできなかった。

「しかも新二郎めは、剣の腕では兄にも勝ると言われておる。殿も気にかけておられてな、いずれは剣術指南役に——などという話まで持ち出される始末だ」

　大名家の剣術指南役は、身分は低いが交際範囲は広い。主君とも直に口を聞くことのできる立場だ。

（そのような者を敵に回すのは、得策ではない）

　根っからの政治人間である小倉はそう判断した。

「仕方ない。会おう。会ってわしの口から言い聞かせる」

　小倉は文机《ふづくえ》を脇に寄せた。家来が去ってすぐに、家来の案内も待ちきれぬ足どりで、新二郎が座敷に入ってきた。

目を剝いて、眉を逆立て、今にも嚙みつきそうな形相でドッカと腰を下ろした。平伏し、「面を上げよ」という言葉も待たずに顔をあげると、

「御家老！」

獣が吠えるような大声を張り上げた。

小倉は呆《あき》れた。

（剣術馬鹿めが、稽古着などで推参いたしおって……）

家老の前に出るのであるから、裃《かみしも》に着替えてくるのが礼儀であろう。汗臭さが漂ってきそうで、ますます小倉は憂鬱《ゆううつ》になった。

（さあて、この難物をいかにして宥《なだ》めたものか）

と、思案するより先に、新二郎が膝をズイッと進めて、身を乗り出してきた。

「拙者を江戸にお送りくださいますよう！」

決然と眦《まなじり》を据えて、そう訴えてきたのだ。

「なんじゃと？」

小倉は眉根をひそめた。

「江戸に出て、何をいたすつもりじゃ」

「申すまでもなきこと！　兄の敵《かたき》を討って、吉永家を再興いたしまする！」

「再興……」

当主を殺された家は、いったんは滅亡したという扱いになる。それが古来からの武士の習わしだから、たしかに吉永家は今、断絶、つまりは滅亡しているといえなくもない。

敵討ちは、滅亡した家を再興させるための手続きなのだ。そう考えれば、江戸に出て、兄を殺した敵を討ちたい、否、どうあっても討たねばならぬと逸《はや》る新二郎の気持ちも理解できる。

「だが――」

小倉家老は新二郎を見つめ返した。

「吉永の家は、潰れてなどおらぬぞ」

この言葉に面食らったのは新二郎だ。太い眉をヒクヒクッと上下させ、鼻の穴を広げた。

「なにを仰せなのか、とんと解せませぬ。兄は江戸において何者かの手にかかって討たれた。そのように聞き及んでおりまする！」

（それはその通りじゃが――）

小倉は心の中で同意する。

「ならば敵討ち！　拙者に仇討ち免状をお下げ渡しくだされ！　拙者、夜を日に継いで江戸に駆けつけ、兄の敵を討ち取って参りまする！」

「たわけがッ」

ついに小倉は怒気を発して一喝した。

「そのように、事は簡単には進まぬのだっ」

家老に怒鳴りつけられても臆することなく、否、稽古で鍛えた闘争心を剝き出しにして、新二郎は激昂《げっこう》した。

「事が簡単に進まぬとは、いかなる仰せにございましょう！　この吉永新二郎が、敵に後れを取るとでもお思いか！」

「剣術の上手い下手などを推し量っておるのではないッ」

「では、いかなる仰せにございますのか！」

吉永家の兄、春蔵は、江戸の南町奉行所同心、八巻卯之吉に討たれた。小倉家老もそう信じている。

たかが町奉行所の同心風情、大名家が強談判に及べばすぐに腹を切らせることができるはず——最初はそう信じていたのだが、

（まさか、ご老中の本多様が、横槍を入れてこられるとは）

老中として幕府の実権を一手に握っている出雲守が、なにゆえ一介の同心にこだわるのかはわからない。しかし、本多出雲守に横車を押されてしまったからには、いかなる正論も通じない。

事はすでに決したのである。

松岡藩の江戸上屋敷を訪れた老中用人は、

「ご当家の勤番侍が、士道不心得にも、夜な夜な吉原に通いつめ、終《しま》いには辻斬りに間違えられて討ち取られた――などという噂が広まりでもしたら、それこそ御家の一大事でござろう」

などと言い出して、しかも「内済にしてやるから何もなかったことにしろ」などと、こちらには受け入れがたい提案を、それも恩きせがましく、強請してきたのだ。

確かに、吉原帰りを襲われたなどという話が世間に広まれば外聞が悪い。しかも、同心との喧嘩という扱いにして、同心に腹を切らせた場合、喧嘩両成敗で吉永家も断絶にせねばならなくなる。吉永家は松岡藩にとっては重い家だ。そんな扱いはできなかった。

小倉家老は苦々しげに新二郎の顔を凝視した。

（出来の悪い武者人形のような顔だな）と思った。

殺された兄の方は、いかにも側室を出した家の血を引いていると思わせる美貌だったが、弟のほうは実に朴訥《ぼくとつ》な顔をしている。畑から掘り出したばかりの芋に、武者絵風の目鼻を描いたような顔なのだ。

それがジーッと、眦《まなじり》を決している。鬱陶しいことこの上もなかった。

（それに、こやつは物事の道理を解するだけの頭がない）

何を言い聞かせても、我が意に沿わなければ聞き入れない。かえって激昂するばかりだ。そういう直情径行だからこそ、武芸が上達するのであろうけれども、扱い難さは家老の小倉の手にも余る。

（ここは道理ではなく、旨味で釣るべきだな）

小倉家老はそう判断した。そして言った。

「お前には、吉永家を継ぐことを許す」

新二郎は太い眉をキュッと上げて、どんぐり眼を見開いた。

「いかなる仰せか、拙者には量りかねまする！」

いちいち感情を面に現わす男だな、と思いながら、小倉は続けた。

「そなたの兄は、誰にも討たれてなどおらぬ」

「しかし兄は！」

「ええい、黙れ。わしに喋らせろ！　そなたの兄は病死したのだ。頓死《とんし》じゃ。江戸の市中を歩いている際に、突然心ノ臓が止まったのだ。そういうことになったのだ。大公儀《おおこうぎ》が、そう決められたのだ！」

「大公儀が……！」

諸藩では主君の家を〝公儀〟と呼び、その上にあって日本国の政道を仕切っている徳川幕府を〝大公儀〟と呼んでいる。

「かような次第であるからな、殿もそのつもりでお取り計らいくださる。舎弟たるそのほうが家を継ぎ、吉永家の当主となるのだ」

小倉にすれば、それで新二郎は有り難がって、口を閉ざすものだと思っていた。敵討ちなどという面倒なことをしなくても家を継ぐことができるのだから万万歳のはずである。

（これでこやつも満足であろう）などと内心ほくそ笑んでいたのであるが、その新二郎が、急に悩ましげな顔つきとなって、盛んに首など傾《かし》げ始めた。

「……なにゆえ大公儀が、拙者の兄などの死に様に、それほどまでに関わってこられるのでしょうか」

「えっ……？」

確かに、いきなり大公儀が出てきたら、混乱するのも当然かもしれない。

「そのようなこと、もはやどうでも良いではないか。大公儀の仰せであるぞ。わしらがあれこれ忖度《そんたく》したところで、大公儀のご裁可は覆《くつがえ》らぬ。そのほうは家を継いだのだ。さぁ、兄の葬式の準備に取りかかるが良い」

新二郎はいきなり、顔を上げて叫んだ。

「兄は、何者に殺されたのでございまするかッ！　大公儀がそうまでして隠さねばならぬ事の真相を、それがしにもお教えくださいませッ！」

小倉は叫び返した。

「わしも知らぬわッ」

新二郎は土煙を巻いて疾走し、屋敷に帰ると、重代《じゅうだい》の刀を持ち出して腰に差し、破れ笠を被って表に出た。

茫然と見つめる老僕に見守られながら笠の緒を締める。

「俺は江戸に行く。江戸で兄上の死の真相を突き止め、そして兄の敵を討つ！」

稽古着である刺し子のままだし、金子《きんす》を用意した様子もない。しかし老僕は新二郎が本気なのだとすぐに理解した。幼児の頃からこういう無茶を平気でしてきた男だからだ。

新二郎を止めても、どうなるものでもないとわかっている。老僕は急いで屋敷に飛び込んで絶叫した。

「大奥様ッ、新二郎様が――」

そのとき既に新二郎は駆けだしている。二町（約二百十八メートル）ほど走ったところで背後から母親の叫び声が聞こえてきたが、なにも聞かなかったことにして、新二郎は国境の峠を目指した。

五

会津街道を通って下野国《しもつけのくに》に入った。道は今市宿《いまいちじゅく》の追分《おいわけ》で日光街道と一つになり、あとは一路、江戸を目指して走った。

新二郎は昼も夜も駆け通して、五日目には江戸に到達した。

「おお、なんと、これがお江戸か。さすがに繁盛した街じゃのう」

破れ笠をちょっと持ち上げて感嘆したのであるが、彼が見たのは千住《せんじゅ》の宿場だ。たまたま通り掛かった商人を呼び止めて、

「この近くに盛垣家の江戸屋敷があるはずなのだが」

と訊ねたのだが、当然に怪訝《けげん》な顔をされた。

江戸は他国者が百万人近く集まっている街だし、江戸っ子ですら、時には道に迷うことがある。道を教えたり、教えられたりするのはお互いさまだ。商人は、そのお屋敷はどこにあるのか、と訊ね返してきた。

新二郎が答えると、ますます呆《あき》れた顔をして、南の方角を指差した。

「このまま進むとお城のお堀にぶつかります。そうしたら、お堀沿いに西へ向かいなされませ」

「ようし、わかった。かたじけない」

新二郎は勢い良く手を振って走りだした。

そこから後のことは、もう、目が回るようで憶えていない。浅草寺《せんそうじ》の大伽藍《だいがらん》を遠望して感動し、浅草御蔵の延々と連なる様に仰天し、外堀の深さと広さに感服し、そして人の多さに辟易《へきえき》とさせられた。

言われた通りに堀沿いを歩く。坂の上に差しかかると千代田のお城の白壁が見えた。

「なんと！　あれが公方《くぼう》様のお城か！」

新二郎は三万石の天地しか知らずに育った男だ。己の知りうる限りでは、盛垣家の居城が一番大きな建物だった。そして素直に「こんな大きな城は、他国にも滅多にないのであろう」と信じていた。

ところがである。将軍の城の大きさは、新二郎の想像を遥かに越えていたのだ。

「こ、このお城だけでも、藩のご領地ほどもあるぞ……！」

三万石の領地がすっぽり入ってしまうほどに巨大な城が目の前にある。新二郎はほとんど茫然自失。夢の中を彷徨《さまよ》うような心地となって、ようやく、小石川にある盛垣家の上屋敷へと到着した。

「おう、ここか」

新二郎は正直に言って落胆した。盛垣家の江戸上屋敷は、三万石の分限《ぶげん》相応の小さな構えだ。なにやら門まで見すぼらしい。ベンガラ格子で表を飾った千住の旅籠《はたご》の方が、よほど豪勢だったように思えてきた。

多くの田舎武士が同じ落胆を経験をしたのであろうが、新二郎も、自分が仕える大名家の立場というものを、否応《いやおう》なしに実感させられた。

悔しさのあまり拳をきつく握って震わせたのだが、しかし新二郎は、こういう場面で悲嘆したりするような男ではない。

「今の世が、戦国の世であったなら……！」

この俺が、槍先一つで近隣の領土を掠《かす》め取り、御家を何十倍、否、何百倍ものの大大名にして差し上げたものを！

などと、隣家の大名屋敷の者が耳にしたら、気を悪くしそうなことを考えた。

「否、それは後だ」

とにもかくにも今は、兄の敵討ちである。兄を殺した相手を見つけ出さねばならない。

「頼もう！」

門前で大音声《だいおんじょう》を張り上げた。門の脇にある門番詰所の窓が開いて、びっくりした顔が覗いた。その目が汚い物でも見るようなものに変わった。

新二郎は路銀も持たずに飛び出してきた。宿に泊まることはできないから野宿だ。風呂にも入っておらず、着替えもない。食べ物は地蔵のお供え物や、田畑の大根を引っこ抜いて食った。どこからどう見ても浮浪者であった。

それでも新二郎は堂々と、武芸で鍛えた胸を張った。

「吉永春蔵が弟、新二郎でござる！」

名乗りを上げてから、（はて？　どなた様に面会を頼めば良いのかな）と、首を傾げた。なにしろ勝手に飛び出してきた身だ。江戸で面倒を見てくれる上役もいない。

仕方がないので江戸に出てきた理由を告げることに決めた。こちらの思いが伝われば、あちらが良きように計らってくれるだろう、と考えたのだ。

傍目《はため》にはどこまでも気随気儘《きまま》で、太平楽な男に見えるのだが、新二郎本人は太平楽などという気分ではない。真剣そのもの。悲壮な覚悟を固めている。

「拙者、兄の敵討ちをするために参りました！　御開門！」

大音声が近隣の屋敷にまで轟《とどろ》いた。道行く者たちが「敵討ち」という言葉に驚いて、一斉に目を向けてきた。

途端に、門内でドタドタッ、と、物を蹴倒すような音がした。そして門の脇のくぐり戸が開かれた。

「お入りくだされッ、早くッ」

門番が顔を覗かせて手招きする。

（おう、さすがに話が早い）

早くも話が通じたようだと満足して、新二郎は逞《たくま》しい身体を屈めると、くぐり戸を通った。

「吉永の舎弟が押しかけて参っただと？」

盛垣家の江戸家老、加藤大膳《かとうだいぜん》は、露骨に眉根を寄せた。

「先程の大声が、それか」

細く痩せていて頭髪は真っ白、高い鼻が尖っている。なにやら鷹を思わせる容貌だ。眉は細く、眼光は鋭い。

御用部屋の下座には屋敷奉行が控えている。この屋敷の雑事を管掌する役職で、四十ばかりの実直そうな男であった。

屋敷奉行は平伏したまま答えた。

「こともあろうに、『兄の敵討ちに参りました』などと大音声で……」

「なんと！」

大膳は思わず腰を浮かしかけた。

「ま、まさか、近隣の屋敷には……」

「当然のこと、聞かれたものと思われまする」

大膳はガックリと腰を落とした。それからギリギリと歯嚙みし始めた。

「吉永春蔵の死は、病死ということで話をつけたはず！　国許にもそのように伝えたのではなかったか！」

屋敷奉行が答える。

「それは二度目の飛脚で報せました。しかし最初の飛脚では〝吉永春蔵は殺された〟と伝えてしまったのです。どこからかその真相が、吉永の家族に漏れ伝わったものかと思われまする」

「備前め、とんだ手抜かりじゃ！」

大膳は国家老を呼び捨てにして、詰《なじ》った。

「さすがに親族にだけは、本当の話を伝えておかなければ、と、ご配慮なさったのかも知れませぬ」

「なにが本当の話、だ！　真実《しんじつ》なにが起こったのかなどはどうでも良いのだ！　大公儀が、この一件は水に流せと仰せられたのだ。大公儀が『白い』と言えば、例えそれが烏であろうと『確かに白ぅございます』と答えねばならぬのだ！」

三万石の小大名など、老中が鼻息を吹いただけで跡形もなく吹っ飛ぶ。

「とにかく、吉永の弟には、事の次第を弁《わきま》えさせねばならぬ。その方、言い聞かせよ」

大膳が命じると、屋敷奉行が顔を上げた。その顔が不安そうに引き攣《つ》っている。

「なんじゃ、その顔は。不服か」

「いえ、滅相も――」

「では、なんだ。何が言いたい」

「拙者、吉川の舎弟につきましては、いささかの覚えがございまするが――」

三万石の狭い領地だ。新二郎の破天荒な人となりは耳に達していたらしい。

「あの者には、まったく道理が通じませぬ」

「なに？」

「例えますれば、崖を転がり落ちる大岩の如き者にございます。何人《なんぴと》の力を以てしても、押しとどめることは叶《かな》いませぬ」

「では、どうなる」

「兄の敵を見つけ出し、討ち果たすまでは、決して止まぬものと思われます」

「馬鹿な！　この件はなかったことにせよ、とは、本多出雲守様のご意向なるぞ。出雲守様の仰せに逆らえば、この家は潰される！」

「吉永の舎弟は野人にございまする。ご老中も、上様も、眼中にございませぬ」

「ならば討ち取れ！」

「あの者に武芸で敵《かな》う者はおりませぬ」

「毒でも飲ませろ！」

大膳の物言いがどんどん不穏当になっていく。それほどまでに本多出雲守と、御家のお取り潰しを恐れているのだ。

「毒……。ううむ、それが一番よいのかも知れませぬなぁ」

屋敷奉行も疲れた顔つきで同意した。


屋敷奉行は台所に向かった。薄汚い新二郎を座敷に上げたくなかったので、台所の土間で待つように命じたのだ。屋敷の中間《ちゅうげん》たちには「井戸水をぶっかけて洗っておくように」と言いつけてあったので、多少は綺麗な身形《みなり》になっているものと期待した。

ところが。

「彼奴《きゃっ》は、どこへ行った」

台所のどこにも新二郎の姿が見当たらない。そこへ、中間頭が面目なさそうな顔つきで、腰を屈めてやってきた。

「吉永様の御舎弟様は、花川様の長屋に向かわれました」

「なにっ。花川と申せば——」

吉永春蔵が斬られた夜、その場に一緒にいた者ではないか。

これはいかん、と屋敷奉行は直感した。

「なぜ、止めなかったのだ！」どこにも行かせるなと言いつけてあったはず！

「お止めいたしやした。あっしら中間の三人掛かりで……。だけど、投げ飛ばされちまってこのザマでさぁ」

見れば、中間の装束が泥だらけだ。屋敷奉行は愕然《がくぜん》とした。見るからに筋骨逞しい中間たちが、三人でかかっても押しとどめることができないとは。

「わしが行く！」

屋敷奉行は足袋裸足で三和土《たたき》に飛び下りた。

六

「フン、江戸の中間も、たいしたことはないな」

たちまち三人を打ち倒したことに満足しながら、勤番侍たちの長屋へと向かう。

井戸端で裸にされ、水を浴びせられたので、少しはこざっぱりとした姿になっている。着ている物は中間が用意した小袖と袴だ。大股の行歩で足を運んで、屋敷の敷地の奥に入った。

大名屋敷の敷地は勤番侍たちの長屋によって囲まれている。表通りから見て塀のように見える建物の全てが住居で、内部は細かく壁で仕切られて、台所や座敷などが造られていたのだ。

「おう、ここらしいぞ」

中間を絞りあげて無理やり聞き出した花川の長屋に新二郎は踏み込んだ。入り口の障子戸の前には小さな庭があって、物干し台と植木鉢が置かれていた。

そのとき偶然、花川が表に出てきた。新二郎に気づいて、茫然と目を見開いた。

「春蔵の弟ではないか。そなた、どうしてここに――」

自分が目にしているものが信じられない、という顔つきである。無理もない。武士は勝手に移動することは許されない。国許にいるはずの者が、参勤交代の時期でもないのに江戸に顔を出すことなどありえないのだ。

「花川殿、ご一別以来でござる！」

挨拶をされて、花川も、不得要領の顔つきで低頭し返した。

「そこもとも、お元気そうにて――あっ！」

春蔵の凶事を思い出し、急に顔色を変えた。額に冷や汗まで滲ませ始めた。

「あっ、あっあっ、兄上のことは、とんだことで、心よりお悔やみを――」

舌は回らず、目を回している。

「花川殿！」

新二郎が庭の垣根を蹴倒しながら突進してきた。

「我が兄の身に、いったい何事が起こったのでござろうか！　花川殿は我が兄の盟友！　きっとご存じのはず！　なにとぞお教え願いたい！」

さながら力士が土俵を突進してくるかのような勢いだ。凄まじい迫力、眼光、そして早口である。算盤《そろばん》侍の花川はすっかり圧倒され、震え上がった。

「い、いや、待たれぃ、お、落ち着かれよ……」

「落ち着いてなどおられませぬ！　死んだのは我が兄でござるぞ！」

花川は冷や汗を滴らせて動揺しながらも、そこは犀利《さいり》な算盤侍だ。必死に思案を巡らせた。

「そ、そうか、そなたはまだ何も――」

「何も報されてはおりませぬ！」

「なるほど、左様か」

花川は懐紙を取り出して、額の汗をぬぐい、「ふーっ」と大きな息を吐いた。

「せ、拙者も、何も知らぬ」

「えっ……」

花川は、おどおどと視線を泳がせてから、チラリと上目づかいに新二郎を見た。

「そもそも春蔵は、誰にも殺されてなどおらぬ」

新二郎は「えっ？」と目を丸くさせて、花川を睨《にら》んだ。

「しかし、拙者の家には――」

「国許には誤報が届けられたのであろう」

「誤報？」

「そなたの兄の春蔵は、心ノ臓を病んで頓死したのだ。国許で何を聞かされたのかは知らぬが、それは心得違いと申すものだ」

新二郎は息をするのも忘れたような顔つきで、花川を見た。花川は、チラリ、チラリと、疚《やま》しげな視線を向けてきては、すぐに目をそらした。

「……奇怪《あや》しい！」

新二郎は吠えた。花川は、冷汗を散らしながら訊《き》き返した。

「な、なにが、奇怪しいというのじゃ」

「なにもかもが奇怪しゅうござる！」

兄の盟友でなければ肩を掴んで揺さぶり回して、さらには襟首を締め上げてやりたい。そんな気分だ。

「いったいなにを隠しておられるのか！」

凄《すご》まれた花川は、顔をくしゃくしゃにして、悲鳴のような声を上げた。

「なにも隠してなどおらぬ！」

その時、

「左様、なにも隠し事などは、ない」

重々しい声が背後でした。新二郎が振り返ると、そこに屋敷奉行が立っていた。

「花川の申す通りじゃ。吉永春蔵は頓死いたした」

屋敷奉行は、土気色に血の気の引いた顔つきで、そう言った。それから花川に目を向けた。

「そのほうは勘定役所に行け。吉永の舎弟には、わしの口から言い聞かせる」

花川は虎口《ここう》を逃れた小動物のような姿で走り去った。

新二郎は屋敷奉行に向き直った。

「我が兄の、死に様をお教えくだされ」

丹田に力を込めて屋敷奉行を睨む。屋敷奉行は、微《かす》かに嘆息してから答えた。

「今、花川が申した通りじゃ。そなたの兄は心ノ臓の病で死んだ。突然に心ノ臓が止まったのだ。そのようにして死ぬ者は古来より珍しくもない。悼ましいことではあるが、致し方もない」

「嘘だ」

「何を申す！」

屋敷奉行は苦虫を嚙み潰したような顔をした。

「この屋敷奉行に向かって、嘘つき呼ばわりとは何事！」

突然、新二郎の両目から大粒の涙が溢れ始めた。後から後から流れ出てきて頬を伝った。

「皆、嘘をついておられる！」

新二郎はきつく握った拳を震わせた。

「拙者は、兄のように賢くはござらぬ。竹刀や木剣を振り回すしか能のない阿呆《あほう》でござる！　なれど、皆が嘘をついているか、ついていないかの見分けぐらいはつき申す！」

涙を流しながら、瞬《まばた》きもせずに屋敷奉行に詰め寄った。

「兄は！　いったい、なにゆえに死なねばならなかったのでございまするか！　お教えくだされ！」

屋敷奉行は、わずかに悲しげな顔をした。哀れむ目つきで、新二郎を見つめた。しかし、彼はここで話題を変えた。

「そなた、勝手に国許を抜けて参ったようだな」

新二郎は無言で頷いた。屋敷奉行は顔つきを厳《いか》めしく引き締めてから、言った。

「本来なら、それは駆け落ち（脱藩）にあたる。吉永家の取りつぶしもあり得る重罪だ。なれど、此度《こたび》ばかりは大目に見る。茶毘《だび》に付した春蔵の遺骨を受け取りに来た――ということにいたすゆえ、骨《こつ》を携えて、国許に帰るがよかろう」

「屋敷奉行様！」

拙者が聞きたいのは、そのような話ではない――と言おうとするのを制して、屋敷奉行が続けた。

「なおも江戸に留まると申すのであれば、吉永家は断絶ぞ！　先祖代々続いた家が潰れても良いのか！　とくと考えよ！」

言うだけ言うと、踵《きびす》を返した。その背中は厚い鉄でできた壁のようにも見えた。

屋敷奉行が立ち去り、新二郎は、一人、その場に取り残された。

「……この家の者は」

誰一人として頼りにならない。皆で自分を騙《だま》そうとする。

「敵なのだ……。この家の者は、皆、兄上を殺した敵の一味なのだ」

もはや頼りとなるのは我が身一つ。そして身につけた剣術のみだ。

「俺は一人でもやる。一人で真相を突き止め、兄上の敵を討ち取ってやる！」

滂沱《ぼうだ》の涙を流しながら新二郎は誓った。

七

夕刻、空が群青色《ぐんじょういろ》に染まり、道々の常夜灯に火が入れられる頃、盛垣家の屋敷の門から一人の小者が外に出てきた。

勤めを終えて一杯引っかけようか、という物腰だ。背中をわずかに丸めると、屋敷近くの町人地へと足を向けた。

その時、いかにもヤクザという風体の男が物陰から歩み出てきて、小者の前に立ちはだかった。まるで喧嘩でもふっかけたかのように見えたのだが、ヤクザ者の顔を見定めた小者は、小さく会釈をした。

ヤクザ者は、こっちへ来いという風に、顎をしゃくって小者を物陰に引き込んだ。

二人は飯屋の裏に回った。小者が何事か囁《ささや》くと、ヤクザ者は途端に顔つきを険しくさせて、嚙みつきそうな形相を小者に寄せた。

小者はさらに何事かヤクザ者に囁いた。ヤクザ者は頷いて、袂に片手を突っ込むと、銀の小粒を摘《つま》み取って、小者の手に握らせた。

「へへっ、すまねぇな、兄ィ」

小者は一転、笑顔になると、夜の巷《ちまた》へ消えていった。

「こいつは容易ならねぇぞ」

荒海一家の代貸の寅三《とらぞう》は、飯屋の裏から出ると、急いで赤坂新町へ戻った。

赤坂新町には三右衛門が縄張りを構えている。三右衛門の表稼業は口入れ屋だ。店に入ると雪駄《せった》を脱ぐのももどかしく、奥の座敷へと向かった。

「親分、大変《てえへん》なことになりやした」

座敷の廊下に膝をついて声をかける。長火鉢を前に据えて座っていた三右衛門がジロリと鋭い目を向けてきた。

「なにがあったんだえ」

「へい」寅三は首を竦《すく》めた。

「盛垣の屋敷に仕えている小者に小銭を握らせて、手懐《てなず》けておいたんですが、その小者が――」

盛垣家は卯之吉が吉永春蔵を殺したのだと思っている。老中に掣肘《せいちゅう》されて大人しくしているが、しかしそれでも、どんな仕返しをするかわからない――そう判断して荒海一家は、盛垣家の動きを探っていたのだ。

「小者が言うにゃあ、国許から、殺された吉永の弟ってのが駆けつけてきたんだそうでして」

「弟？」

「へい。駆けつけるなり門前で、兄の敵を討つ、と、誓ったってぇ話でさぁ」

三右衛門は「フン」と鼻を鳴らした。

「近頃珍しい、骨のありそうな侍じゃねぇか。気に入ったぜ」

俠客の世界では、兄貴分、弟分の紐帯《ちゅうたい》を重んじる。兄が殺されたのなら、弟が敵を討つのが当たり前だし、それぐらいのことができないようでは俠客の看板を掲げる資格はない。

三右衛門にすれば、老中に叱られたぐらいで戈《ほこ》を収めてしまう盛垣家のほうが信じられない。

「ようやく、敵らしい敵が出てきやがったな」

と、ほくそ笑んでしまうほどだ。

寅三は、太い眉毛を八の字にさせた。

「そりゃまぁ、天晴《あっぱ》れな話なんでしょうけどね、そいつが狙っているのは八巻の旦那ですぜ」

「わかってら。だが、八巻の旦那は間違ったって、侍なんか斬るわけがねぇ。これは濡れ衣だ。そこんところを飲みこんでいなさるから、ご老中様も盛垣の一統を叱りつけたってわけだが……」

三右衛門は少しばかり思案してから、続けた。

「その弟からは、目が離せねぇな」

「まったくで」

「それにだ、本物の下手人も、とっとと見つけ出さなくちゃならねぇ。世の中にはまだ、八巻の旦那が下手人だと思い込んでる馬鹿どもがいる」

「へい」

実を言えば、荒海一家も半信半疑なのである。剣客同心の八巻卯之吉は、辻斬り退治で何十人もの不逞《ふてい》浪人を退治してきた――ということになっている。それを信じる者からすれば、八巻が間違って勤番侍を斬り殺してしまうことも、十分にあり得《う》ると考えられた。

「忙しくなってきたぜ。その弟の邪魔をしながら、本物の下手人を捕まえるんだ。おい寅三！　子分どもにしっかりと喝を入れておけよ」

「へい」と答えて寅三は、表店《おもてだな》に下がった。

「まったく面倒なことになったぜ」

三右衛門は腕組みをして、火鉢の熾火《おきび》を睨みつけた。

第三章　仇敵《きゅうてき》は八巻卯之吉

一

吉永新二郎は完全に孤立してしまった。

江戸屋敷には大勢の者たちが勤番しており、以前からの顔見知りもいたのだけれども、まったく相手をしてもらえないのだ。こちらが笑顔で挨拶しても、顔を引き攣《つ》らせながら視線を外されるのが関の山。中間《ちゅうげん》や小者、台所で働く下女たちすら新二郎を無視しきっていて、言葉を交わしてくれないのである。

(上の者から命じられているのだな)

人の良い新二郎は、同輩や小者たちを責める気にはなれなかった。新二郎とは言葉を交わしてはならぬと、江戸家老か、屋敷奉行あたりに厳命されているのに違いないからである。

（しかしなぁ、腹が減るのには参ったぞ）

新二郎は〝江戸屋敷にはいない者〟として扱われている。台所の余り飯すら食べさせてもらえない。

大兵肥満で、活動的で、それゆえに大腹減らしの新二郎にとっては、この扱いが一番堪《こた》えた。

（兵糧攻めか……。うぬぬ！）

歯ぎしりをしたいところだが、奥歯を噛むだけの力も湧いてこない。

屋敷の近くにも一膳飯屋はたくさんあるが、買い食いをする小銭すら持ち合わせていない。

屋敷奉行は、親切にも新二郎を呼んだ。

「国許に帰るための為替であれば用意してやる」

と、言った。盛垣家が参勤交代の際に利用する御用宿でのみ通用する藩札を切ってくれると言うのだ。

この藩札さえあれば、指定された宿場の旅籠《はたご》で寝泊まりと飲み食いができる。

（とっとと国許に帰るように、と、仕向けていなさるのだ）

その程度の思惑は、新二郎にも推察できた。

空腹に屈して国許に帰るか、このまま空きっ腹を抱えて江戸に留まり続けるか。さすがの新二郎の顔にも、焦燥《しょうそう》の色が浮かび始めた。

新二郎は頼りない足どりで屋敷の外に出た。

気持ちは国許に帰る道を選びつつある。いったん国許に帰って、資金を集めてから出直せば良い――などと、当初の決意も大きく揺らぎ始めていたのだ。

（だが、その前に、大先生の許にご挨拶に伺わねばならん……）

新二郎は亡くなった兄ともども、国許にある新月一刀流《しんげついっとうりゅう》の道場で剣を学んだ。その流派の宗家が江戸で道場を開いているのだ。

（国許に戻るにしても、大先生の御意を得ないでは義理が悪い）

新二郎はフラフラとよろめきながら、宗家の道場があるという、鎌倉河岸へ向かった。

「おお、ここが――」

何度も道に迷い、呼び止めた町人に鼻先で笑われながら道を教えられ、ようようにして問題の道場に着いた。

新二郎は感激して道場の甍《いらか》を見上げたのだが……、

「これは、ずいぶんと傷んでおる」

屋根瓦が斜めに傾いていた。瓦の重さに耐えかねて軒全体が歪んでいるのだ。瓦のすき間からはペンペン草が伸びている。いつ何どき倒壊しても不思議ではない、廃屋のような佇《たたず》まいであったのだ。

江戸の町人地の豪勢な商家を横目で見ながら歩いてきただけに、この有り様は衝撃的であった。

（江戸では、武士より町人のほうが豊かで、大威張りしておる……）

ますます手足が脱力してきた。新二郎は足を引きずるようにして、玄関に向かった。

「頼もう」

空っぽの腹に精一杯の力を込めて訪《おとな》いを入れると、すぐに「どーれー」と型通りの返事があった。紺色の刺し子の稽古着をつけた年嵩《としかさ》の門弟が出てきて、式台に両膝を揃えた。

新二郎は挨拶をした。

「拙者、盛垣家中、吉永新二郎と申す。国許の陸前松岡にて、新田巌《にったいわお》先生に剣を学びし者。宗家の大先生にご挨拶いたすべく推参つかまつった」

門弟は訊《き》き返してきた。

「ご紹介状はお持ちですか」

「うっ……」

新二郎は返答に窮した。普通、流派の宗家の許に赴く際には、直接の師から紹介状を出してもらう。紹介状が身元の証明になるのだ。

「いや、その、それが、拙者、急な出立でござって、国許の先生にご挨拶をする暇もなく……」

新二郎らしくもなく、口ごもる。

「そうだ！　拙者の兄は吉永春蔵でござる。兄は剣術数奇《すき》でござったから、こちらの道場にも足繁く通っておったはず！」

国許では龍兄虎弟《りゅうけいこてい》として知られた吉永兄弟だ。新二郎の記憶の中の兄は、いつでも剣術修行に明け暮れていた。まさか江戸に出てきてすぐに遊興を覚えて堕落したとは思っていない。兄はきっと、この道場にも熱心に通い、高弟の列に名を連ねていたはずだ、と信じきっていたのだ。

ところが門弟は首を傾《かし》げている。不得要領の顔つきで、

「師に訊いて参りまする」

と言い、あろうことか、

「御令兄の御尊名は、吉永春蔵様でございましたな」

などと念まで押してから、引っ込んだ。

少し待たされて、戻ってきた。

「師の許しが出ました。案内いたします。お上がりください」

新二郎は草鞋《わらじ》を脱いで横にあった小桶で足を濯《すす》ぐと、道場に上がった。

道場は閑散としていた。竹刀架けにも僅《わず》かの竹刀しかかかっていない。それでも綺麗に掃除され、床板も磨き抜かれていた。一段高い見所に対する格好で、新二郎は正座した。

案内してくれた年嵩の門弟も道場の端に座った。どうやらこの道場の高弟であるようだ。

すぐに老剣客が入ってきた。白髪を総髪にして肩の辺りで切り揃えてある。渋茶色の小袖に袖無しの羽織、裾の細いカルサン袴を穿《は》いていた。

老いてはいるが、さすがの行歩である。腰の位置がまったく上下していない。袴の裾からチラリと覗けた足は、甲にも土踏まずにも分厚い筋肉がついていた。このような特殊な筋肉は武芸を究めた者にしかつかない。しかも老齢でありながらまったく肉が落ちていないのだ。日々、稽古と研鑽《けんさん》を続けているのに違いなかった。

（さてこそ、大先生！）

新二郎は感服しきり。歓喜に身を震わせながら平伏した。

老剣客は音もなく腰を下ろした。立ち姿から胡座《あぐら》に移行するまでの間、まったく隙を見せなかった。姿勢の移行の間に襲いかかっても、たちまち腕など取られて、逆に投げ飛ばされるに違いなかった。

「山方《やまがた》巨吽斎《こうんさい》である」

大先生が名乗った。炯々《けいけい》と光る目と、高い鼻筋は天狗のように恐ろしかったが、声音は細くて、優しげにさえ聞こえた。

新二郎はさらに深く低頭した。

「盛垣家中、吉永春蔵が愚弟、新二郎と申しまする。大先生には初めて御意を得ます！　大先生のお噂は、新田先生より常々伺っておりました！」

この時ばかりは空腹よりも喜びが勝り、力一杯の大声を張り上げた。

山方巨吽斎はわずかに首を傾げて、昔を思い出すような顔をしてから、言った。

「盛垣家中……新田……。うむ。彦四郎《ひこしろう》か」

国許で道場主となってからは巌という名乗りを上げているが、旧名はそういう名前であったらしい。

「どうやら我が流派、細々とでも伝わっておるようだな。今の時節、剣の道場などいつ潰れてもおかしくないと申すに、そなたのような者を送って寄こすとは。ウム、近頃には珍しく、頼もしい話じゃ」

「とんでもございませぬ！　国許において新田先生の道場はますます隆盛を……ううむ」

「どうした」

「いえ、お世辞にも、隆盛を極めておるとは申せませぬが、それでも十数名は、稽古に通っておりまする」

巨吽斎はカラカラと高笑いした。

「正直で宜《よろ》しい。剣の心とは、常に素直でなくてはならぬ」

「それにじゃ、十数名もの門弟を数えておるだけでもたいしたものだ。この江戸よりは鄙《ひな》のほうが、士道も廃れておらぬと見える」

「恐れ入ります」

それからあれこれと、新田道場の近況について質問してきた。

新二郎は、大先生の謦咳《けいがい》に接する喜びに酔っていたのだが、次第になにやら不可解な気分にもなってきた。

(なにゆえ大先生は、盛垣の国許の話などを聞きたがるのであろう。しかも、初めて耳になされたようなお顔で)

兄の春蔵から、いくらでも聞かされているはずではないのか。

それにである。つい先日、門弟の春蔵が死んだのだ。弟が訪ねてくれば、まずは悔やみを言うはずではないか。

(まさか、大先生は、兄をご存じではござらぬのか?)

そうだとしたら、それはいかなる理由があってのことか。あの剣術数奇の兄が、大先生の道場に赴かなかったはずがない。日夜この道場で、剣の修行に励んでいたはずなのだ。

(変だ。奇怪《あや》しい)

いよいよもって疑惑が胸に膨らんできた。

その顔つきの変化を見て取ったのか、巨吽斎が訊ねてきた。

「いかがした」

新二郎は、韜晦《とうかい》や腹蔵などという高度な話術を駆使できない。いつでも体当たりの会話しかできない男だ。

（ええい、かまわぬ、有体《ありてい》に訊いてしまえ）と思って、巨吽斎に視線を据えた。

「大先生は、拙者の兄をご存じではございませぬのか」

「そなたの兄？」

「国許では新田道場の一番弟子でございました。去年の春に江戸屋敷に勤番となり、この江戸に出て参りました」

兄を思うと自然と目頭が熱くなる。目を真っ赤に充血させて、巨吽斎を見つめた。

「兄は必ずや、ご挨拶に伺ったはず。兄の性分であれば、大先生に一手のご指南をお願いいたしたはずなのです！　それなのに大先生には我が兄のご記憶がないご様子。まったく解せませぬ！」

巨吽斎は暫《しば》し無言で新二郎を見つめた。

「……そなたの兄の身に、何事かあったのか」

新二郎は堪《こら》えきれずに滂沱《ぼうだ》の涙を、またしても流し始めた。

「兄は、何者かに殺されましてございまする」

「なんじゃと」

「国許への第一報は、兄が何者かに斬られた、と……。しかしながら、兄の敵《かたき》を討つべく、拙者が江戸に駆けつけてみれば、兄は誰にも殺されていない、病だったのだと、江戸屋敷の者どもが口を揃えて……」

新二郎は言葉に詰まりながら、次第を語って聞かせた。無言で聞き終えた巨吽斎は、白い眉毛を寄せた。

「面妖な話じゃな」

納得しがたい表情を滲《にじ》ませている。新二郎は胸を突かれた思いだ。江戸に出てきて初めて、信用するに足る人物と巡り合えた。そんな喜びが込み上げてきた。

「皆で嘘をついておるのです！　拙者を阿呆《あほう》と見てとって、騙《だま》しにかかっておるのでございます！　大先生！　拙者はもう、なにがなにやらわかりませぬ！　どうすればよいのか、いかにすれば兄の無念を晴らすことができるのか、まったくわからなくなってしまったのです！」

新二郎は思いの丈を吐き出しきった。溢れる涙を拭いもしない。

巨叶斎は無言で考えてから、言った。

「解せぬことはもう一つある。そなたは、兄がこの道場に通っていたと思い込んでおるようだが、わしはそのような孫弟子に心当たりはない」

「なんと！」

「それは、まぁ、良い。屋敷での御用が煩多で、剣の修行どころではなかったのであろう。それが忠勤と申すものだ」

巨叶斎も江戸の暮らしは長い。江戸は歓楽の巷《ちまた》だ。男子を堕落させる罠で満ち満ちていることを知っていた。

地方で竹刀ばかり振っていた若者が、江戸に出てくるやいなや、たちまちのうちに酒色に溺れ、堕落する姿を何度も見てきた。おおかたそのような顛末《てんまつ》だろうと思ったのだが、弟の手前、口は出さずに話を続けた。

「しかし、そなたの兄がわしの孫弟子であることにかわりはないぞ」

一つ大きく頷《うなず》いて、新二郎に言い聞かせた。

「わしの弟子の中には、公儀の要路に就いた者も、マァ、おらぬでもない。伝《つて》を辿ってそなたの兄の死の真相を、探れぬでもない」

この時代の江戸の剣術は貴族の道楽だ。子に剣を学ばせるのは大名や大身旗本たちばかり。剣豪を金銭的に援助しているのも、大名や大身旗本たちなのである。逆に貧乏な武士の子は算盤《そろばん》を学んだ。

「こんな貧乏道場の主ではあるがな、ま、任せてみるがよかろう」

新二郎は今度は感涙に泣き咽《むせ》びながら拝礼した。

「有り難き仰せ！　さすがは大先生にございます！」

もはや言葉にもならない。「ウオンウオン」と獣の唸るような泣き声をあげ、終《しま》いには床板の上に身を投げて慟哭《どうこく》しはじめた。

巨卄斎もさすがに鬱陶《うっとう》しくなってきたようだ。陪席していた門弟に目を向けた。

「この者、腹を空かせておるようじゃ。台所に下がらせて、飯を食わせてやれ」

新二郎は「ハッ」として顔を上げた。

「なにからなにまでお見通しとは、さすがのご眼力！　しかもこのご厚情！　拙者、このご恩は終生……ウオオオオンッ……」

「あ、分かった。分かった」

巨卄斎は困り顔で立ち上がると、後の始末は門弟に任せ、自分は逃げるように奥座敷に戻った。

二

「おい、出てきやがったぜ。あれが吉永新二郎だ」

荒海一家の寅三が物陰に身を潜ませて、山方道場の門前に視線を向けている。ちょうど新二郎が表道に出てきたところであった。

大兵肥満の腹がさらに大きく膨らんでいた。こんな貧乏道場の台所飯なのに、遠慮なく鱈腹《たらふく》食って出てきたところであったのだ。

物陰に潜んでいるのは、寅三を含めて四人。荒海一家の子分の中でも、それと知られた喧嘩巧者の兄貴分ばかり。粂五郎《くめごろう》とドロ松《まつ》、縄次《なわじ》。そして寅三だ。

粂五郎が生まれつき細い目つきを、さらに険悪に細めて、新二郎を睨《にら》んだ。

「野郎、こともあろうに八巻の旦那を敵呼ばわりしやがるとは」

寅三が頷く。

「おうよ。八巻の旦那は三右衛門親分の、さらに大親分だ。あんな浅葱《あさぎ》裏に指一本でも触れさせるもんじゃゃねぇ」

ドロ松は口許を悔《くや》しげに歪ませた。

「田舎大名のドサンピンめが、江戸中にその名の知れた八巻の旦那に楯突きやがるとは……、江戸っ子の一人として、どうにも勘弁ならねぇぜ」

南町の同心、八巻は、今や江戸の名物男である。江戸っ子にとって江戸の名物はなんであれ自慢の種だ。江戸の名物を田舎武士ごときに汚されるのは江戸っ子の自尊心が許さない。

卯之吉の手下として働くようになってから、妙に善人めいてきた荒海一家だったのだが、この時ばかりは侠客の本性を剥き出しにして、眼光鋭く睨《ね》めつけながら、隠し持った棍棒を握った。

新二郎は大手を振って悠々と通りを歩いてきた。

「ようし、こっちに来やがったぞ。ちっとばかし痛めつけてやるか」

寅三が弟分たちに合図を送る。十分に引きつけてから四人で道に飛び出して、新二郎を取り囲んだ。

新二郎は悠然たる態度と顔つきを崩さず、一家の男たちを順番に見た。あどけなさすら感じさせる顔つきだ。その表情を見て寅三は、

（こいつ、ちっとばかり頭が足りねぇんじゃねぇのか）とまで疑った。

新二郎が、寅三に笑顔を向けてきた。

「そんな所に集まって、息をひそめているから、いったい何をしてるんだろうと思っていたのだ。なんだ、拙者に用があったのかい」

「なんだと？」

寅三は太い眉をひそめた。

（このドサンピン、俺たちが潜んでいると知りながら、真っ直ぐ歩いてきたっていうのかい）

たいした度胸というべきか。考えが足りない阿呆だというべきか。

「それで、拙者にいったいなんの用なのだ」

問われても答えず、寅三はクイッと顎をしゃくった。一家の三人が棍棒をしごきつつ包囲の輪を狭めた。

その様子を新二郎は笑顔で見つめた。

「面白い。腹ごなしには丁度いいや。一丁揉んでやろうかい」

田舎侍に嘲《ちょうしょう》笑されたと感じた縄次は、

「舐《な》めやがって！」

一声吠えると思い切り棍棒で打ちかかった。

すかさず新二郎が間合いを詰める。大きな身体を毬《まり》のように小さく屈めて、縄次の懐に飛び込んだ。

それでも縄次は棍棒を振り下ろそうとした。その腕を逆手に、新二郎の手が握った。

何がどうなったのかわからない。縄次の身体は新二郎の肩の上に乗せられて、次の瞬間には、ドウッと地面に、背中から叩きつけられていた。

「ギャッ」

しかも投げ落とされると同時に腕をきつく捻《ひね》られた。（技を掛けられた！）と思った瞬間、腕の骨が不気味な音を立てて折れた。

「野郎ッ」

兄弟分がやられたのを見てドロ松が激昂《げっこう》した。背後から新二郎に襲い掛かる。背後の死角を取ったはずなのに、新二郎はクルリと踵《きびす》を返すと、手のひらを思い切り突き出してきた。

相撲でいう突っ張りがドロ松の顎に入った。ドロ松自身が突進していた最中だ。しかも新二郎は強く踏み出して掌底に体重を乗せている。凄《すさ》まじい衝撃をまともにくらってドロ松の首と顔面が捩《ねじ》れた。

一瞬にしてドロ松は脳震盪《のうしんとう》を起こす。吹っ飛ばされて受け身も取れずに転倒した。大の字に伸びた時にはもう、完全に失神していた。

「やりやがったな！」

激昂したのは粂五郎だ。懐に片手を突っ込み、隠し持っていた匕首《あいくち》を引っこ抜いた。一家でも客分扱いの粂五郎だ。凶行も辞さない構えである。

「この野郎ッ」

新二郎の土手っ腹をえぐってくれようと、腰だめに構えて突進する。

新二郎は、腰の刀を鞘に差したままグイッと突き出した。腰帯から大きく突き出した柄の部分で匕首を打ち払うと、柄の先端を粂五郎の鳩尾《みぞおち》に突き入れたのだ。

「グエッ！」

急所を打たれた粂五郎は、蝦蟇《がまがえる》が踏み潰されたような声をあげてひっくり返った。

新二郎の足元に三人の男たちが転がっている。苦しそうに呻《うめ》くばかりで立ち上がることもできない。

新二郎はカラッとした笑顔を寅三に向けた。

「お前も一緒に倒すことは、わけもないことだが、そうするとこの三人を介抱する者がいなくなる。それじゃあ可哀相だ。見逃してやるべぇ」

そう言い残すと踵を返し、悠然と立ち去った。

寅三は立ち尽くしたまま新二郎を見送った。完全に気を呑まれてしまって身動きできない。

「あんな恐ろしい思いをしたのは餓鬼の頃、親父に叱られたとき以来だ」

と、後に語ったほどであった。


「あいたたた……！」

縄次が悲鳴を上げた。

八丁堀、八巻屋敷の台所。板敷きに座らされ、両肌脱ぎにされた縄次の腕を、卯之吉が診察している。

「これはきつく折れているねぇ。うん、鎖骨も折れているよ。添え木を当てたうえに、上半身を晒《さら》しで固めないとダメだねぇ」

なにやらイキイキと目を輝かせながら、縄次の身体をあちこち弄《いじ》り回した。好奇心の赴くままにやっているだけで、縄次に対する思いやりには欠けているから、縄次は何度も悲鳴を張り上げなければならなかった。

「やいッ、しっかりしろ！　餓鬼みてぇに泣きわめくんじゃねえ！」

寅三が喝を入れる。この屋敷に縄次を運び込んだのは寅三だ。

ドロ松と粂五郎はともかく、腕を折られた縄次だけは、まともな治療を受けさせなければと思案したのだ。

変な形に骨がくっついたりしたら、今後の暮らしに差し障りが出る。名医に治してもらわないといけないと考えたわけだが、思い当たる医工は卯之吉しかいなかった。

「銀八、どんどん晒しを持ってきておくれな」

卯之吉は縄次の上半身をグルグル巻きにしていく。縄次の悲鳴はいつまでも続いた。


屋敷の外は漆黒の闇であった。八丁堀同心の屋敷から漏れる明かりが、微《かす》かに外の通りを照らしているばかりだ。

その闇の中に、大兵肥満の影が潜んでいた。

「あいつらの親玉の屋敷はここか……」

寅三は新二郎に後を追《つ》けられていたのである。新二郎が寅三を仕留めなかった理由は、一家の者どもを尾行して、塒《ねぐら》や首魁《しゅかい》を突き止めるためだったのだ。

田舎者まるだしで朴訥《ぼくとつ》な顔つきの新二郎が、まさかそんな老獪《ろうかい》な策を巡らせているとは露ほども思わず、寅三は油断にも、縄次を八巻屋敷に運び込んでしまった。そして新二郎にこの場所を突き止められてしまったのだ。

(ここは、どなたの屋敷であろう?)

見れば、似たような屋敷が何十軒も建ち並んでいる。南北の町奉行所の同心はあわせて百五十人近くもいて、八丁堀に組屋敷街を形成していたのだ。

明日出直したら迷ってしまうだろう。この屋敷の主を突き止めることができなくなる。新二郎はそう考えた。

丁度そこへ、樽取りの商人が車を引いてやってきた。樽ごと商品を売った商人が空樽の回収に来たのだ。

「ちょっと待て」

新二郎は商人の前にヌウッと立ちはだかった。

「こちらのお屋敷は、どなたのお屋敷であろうか」

いきなりに声をかける。田舎では武士が一番偉いから、商人に対する遠慮はない。

商人は、いきなり出現した大男にびっくりした様子だが、口調や態度が田舎者そのものなので、やや皮肉げな笑みを浮かべて答えた。

「こちらが、評判の、八巻卯之吉様のお屋敷ですよ」

さぁ驚け田舎者め、と期待を込めた目で新二郎を見上げたのだが、新二郎は目立った反応を見せない。

商人は、（この田舎者め、八巻様の名も知らないのか。自分がどなた様のお屋敷の前に立っているのかもわかっていないらしいぜ）とでも言いたげな、軽蔑しきった顔つきで、車を引いて去っていった。

「八巻卯之吉か……」

新二郎はその名を深く胸に刻んだ。

（この名前から、なにか分かることがあるかもしれない）

その時である。どこかの屋敷から漂ってきた煮炊きの匂いが新二郎の鼻を突いた。

「うっ、は……腹が減った」

先ほどは少し余計に暴れすぎたようだ。もう腹が減ってきた。身体を動かすのを加減しておけばよかった、と新二郎は後悔した。

「退屈だな」

万里五郎助は不満そうに唇を尖《とが》らせた。

幼げな顔だちがますます幼く見える。癇癪《かんしゃく》を起こした子供そのものの形相だ。

「もう飽き飽きだよ。何日、ここに閉じ込められてると思ってるのさ」

天満屋の元締の指図で、三筋町の仕舞屋《しもたや》での待機を命じられてからすでに三日。我《わ》が儘《まま》勝手な万里の辛抱できる限界を超えている。

「まぁそう言わずに、一杯どうです」

見張り役の滝蔵は、日がな一日酒ばかり食らっている。酒飲みは酒で時間を潰せるから良いのだが、困ったことに万里はまったく酒が飲めない。

「こっちを向いて口を利かないでくれ」

酒臭い滝蔵の息に辟易《へきえき》した顔をして、袖で鼻先を覆った。

そこへ三治が走り込んできた。

「元締からのお指図が届きやしたぜ！」

「おう」と声を上げたのは、万里と滝蔵、ほとんど同時であった。

三治が指図の内容を告げる。

「八巻の評判をもっともっと下げてやれ――ってぇお指図でさぁ」

万里はニヤリと笑って、次にフンと鼻を鳴らした。

「八巻の姿になって人を斬りまくれってことだね。面白い。そういうのを待っていたのさ」

可愛らしい顔をして恐ろしいことをサラリと口にする。大好きな玩具を手にしたような顔で、刀を引き寄せた。

滝蔵も万里のお守りにはウンザリしている。

「早速にも、出掛けておくんなさい」

一刻も早く出て行ってくれ、と言わんばかりの顔つきで急《せ》かした。

提灯《ちょうちん》を下げた小者に前を進ませ、一人の武士が坂道を下りてきた。その前に突如として人影が立ちはだかった。

小者がギョッとして提灯を震わせた。

「何奴だ」

武士が誰何《すいか》する。すると謎の人影は、羽織の袖から両手を出して、腰の刀に手を伸ばした。

今にも斬りつけようか、という構えである。坂を下ってきた武士は激昂して怒鳴りつけた。

「多賀谷《たがや》道場師範代、清水晋作《しみずしんさく》と知っての狼藉《ろうぜき》か！」

剣術の先生とは知らずに襲ってきた辻斬りならば、この一声で逃げていくはずだ。ところが黒い影は、腰を落として居合の構えを取った。

「人斬り同心、八巻推参。一手の立ち合いを所望」

澄んだ声音が闇に響く。清水は顔色を変えて半歩ほど下がった。

「ムッ、貴様が八巻か。なるほど、人を斬って回っておるという噂は本当だったのだな」

清水は油断なく視線を据えながら羽織紐を解き、羽織を脱ぐと小者に渡した。

「だ、旦那様……！」

小者が震え声を出した。清水は無視して八巻と名乗った男に吠えた。

「江戸で五指に数えられるというその腕前、いかほどのものか、確かめさせてもらうぞ！」

刃鳴りの音を響かせながら抜刀する。

二人の剣客が間合いを詰める。そして瞬時に跳ねて、体が入れ替わった。

「ぐわっ！」

清水がのけぞり倒れた。直後、闇の中から幇間《ほうかん》が囃《はや》し立てる声がした。

「やったやったぁ！　さすがは剣客同心の八巻様ッ！　イヨッ、日本一ィ」

清水の小者は腰を抜かして道にへたり込んでいる。提灯が燃えあがって、一瞬だけ、清水の死に顔を明るく照らしだした。

清水はうつ伏せで目を剝いている。清水自身の血が坂道の傾斜を伝って顔の方にまで流れてきた。

三

翌朝、新二郎は、盛垣家江戸屋敷内にある、花川の長屋を再び訪れた。

「なんだ、またか――」

花川は露骨に嫌な顔をした。お引き取り願おうとするところを押し切って、新二郎は長屋の土間に入り込んだ。四股《しこ》を踏むようにして仁王立ちになる。ズシンと家屋が振動した。もはや梃子《てこ》でも動かない、という形相だった。

「花川殿！」

新二郎は声を張り上げた。

「八巻卯之吉という名に、お心当たりはございましょうか！」

すると花川は、途端に真っ青な顔で棒立ちになり、全身を激しく震わせ始めた。

「新二郎殿……、その名を、いずこでお耳になされた」

新二郎は、やはり花川は何かを知っている、と確信し、さらに詰め寄った。

「己で調べ申した！　兄の死と、八巻卯之吉なる者との間には、いかなる関わりがあったのでございましょう！」

花川は視線も定まらず、唇をわななかせていたが、やがてゴクリと喉を鳴らして、新二郎に目を向けた。

「お上がりくだされ……。立ち話というわけにも参りますまい……」

なにやら急に老人になってしまったかのような姿でいったん土間に下り、新二郎の背後に回って長屋の障子戸を閉めた。

「この通りの陋屋《ろうおく》ゆえ、足を濯がずともよろしい」

そして今度は薄暗い座敷の中に入っていく。

「御免」

言われた通りに新二郎は框《かまち》にあがった。

花川は一間しかない座敷に腰を下ろした。新二郎は花川と対する形で正座した。

花川は目をショボショボとさせた。

「へっついの火も落としたゆえ、茶菓の接待もできかねる」

「元より、茶飲み話をするために伺ったのではござらぬ」

花川は腹中から大きな溜息を吐き出して、さらに背筋まで丸めた。

「拙者は貴公の令兄とは竹馬《ちくば》の友でござった。いずれ、貴公には、事の真相を伝えねばならぬ、と、思っては、いたのだ」

突然、畳に両手をついて低頭した。

「すまぬ！　拙者に意気地がないばっかりに……！　すまぬ！」

畳に額を擦りつけるほどに頭を下げられ、新二郎はいささか面食らった。

「面をお上げくだされ」

「いや、拙者は貴公ばかりに謝っておるのではない。我が友、春蔵にも詫びておるのだ。泉下で春蔵は、どれほどに怒り、いかほどまでに呆《あき》れ果てておることか」

「詫び事は後でお聞きいたす。今は兄の死の真相だけをお聞かせ願いたい。それを聞いた後でなければ、腹を立てることも出来申さぬ」

「うっ、いかにも」

花川は背筋を伸ばして座り直し、懐紙で目元を拭った。

「貴公のお調べの通りでござる。春蔵は、南町奉行所の同心、八巻卯之吉に斬り殺されたのでござる――」

花川は、あの夜の出来事すべてを、語って聞かせた。

瞬《まばた》きもせずに聞き入っていた新二郎の満面に血が昇り、膝の上で握った拳が震え、やがては、その巨体全体が震え始めた。

「やはり……兄の敵は八巻……！」

腰の横に据えてあった刀を摑んで引き寄せる。今にも立ち上がろうという素振りを見せた。

「待たれぃ！」

花川が急いで声をかけた。

「何処《いずこ》へ行かれる！　何をなさるおつもりか！」

「知れたこと！　我が兄の敵を討つ！　八巻卯之吉を討ち取ってくれる！」

「それはならぬ！」

「なにゆえでござろう！」

花川は、顔全体を情けなさそうに歪めて、涙まで流し始めた。

「春蔵の死因は、心ノ臓の病でござるぞ」

「なにを言われる。それは嘘だと、たった今、花川殿が証《あかし》立てしたのではござらぬか！」

「例え真相がどうであれ、吉永春蔵は頓死《とんし》として大公儀《おおこうぎ》に届けられたのだ！否、頓死ということで幕引きをはかれと、大公儀が命じてきたのだ！」

「なにゆえ、そのような没義道《もぎどう》がまかり通るのです！」

「八巻卯之吉を救うためだ。あの者は、一介の同心とはいえども剣の腕では古今の名人だ。ご老中の本多出雲守様や、大名の丸山様、川内様などからも、親しく目通りを許されておる」

「ご老中様や、お大名様のお気に入りだから助命されたと申されるか！　なんという不公平なご差配！　これが大公儀のなされようか！」

「我らがなんと言おうと盛垣家はたった三万石！　ご老中様には逆らえぬ！　新二郎殿、頼む！　堪えてくれ！」

「堪えられぬッ。拙者の兄が殺されたのでござるぞッ！」

「貴公が仇討ちをするために、春蔵の死を表沙汰にすれば、春蔵が吉原通いをしていたことまで世間に知られてしまう！　さすれば盛垣家は、士道不心得のそしりを受け、そして大公儀に取り潰されるのだ！」

「吉原通い？　なんの話でござるか……」

唐突に意味不明な言葉が出てきて、新二郎は面食らっている。花川は春蔵に女がいたこと、それは吉原の安女郎であることを告げた。

新二郎にとっては、兄が同心に殺された以上の衝撃だ。

「兄上が、まさか、そんな……」

花川は、ひたすら藩の行く末だけを思っている。新二郎の衝撃には気づかない。

「堪えてくれ！　貴公さえ堪えてくれれば、盛垣家三万石は救われるのだ！」

深々と頭を下げた。米搗《こめつ》き飛蝗《ばった》のように何度も何度も低頭し続ける。新二郎は身を震わせていたが、この場にいることが堪えられなくなって立ち上がった。

「拙者は、拙者の好きなようにする！」

「大公儀はもちろん、盛垣の家中からも、命を狙われるぞ！」

「かまわんッ」

新二郎は障子戸を蹴破る勢いで外に出て、そのまま屋敷の門を飛び出していった。

新二郎は土煙を巻いて疾走する。どこへ向かって走っているのか、自分自身にもわからない。

（なんということだ！　なんということだ！）

あの兄が、身を持ち崩して悪所に通い、挙げ句の果てに辻斬りに間違えられて斬り捨てられた。

そしてその事実は大公儀と、盛垣家双方によって揉み消された。

（こんな馬鹿な話があるかッ）

新二郎は心の中で慟哭した。

（天道は、天道は、どこにあるッ！）

何もかもが曲がっている。兄も、大公儀も、自分が仕える御家も、みんな性根がねじ曲がっている。そしてその曲がった道の先で、八巻卯之吉があざ笑っているのだ。

（許せぬッ、許せぬッ）

新二郎は憤怒の形相となり、とめどなく涙を流しながら走り続けた。

そして気がついた時には、山方巨吽斎の道場の前にいた。

「大先生〜〜〜っ」

子供が泣きじゃくるような声を張り上げて、新二郎は道場に飛び込んだ。

四

見所に座した巨吽斎は、痛ましそうな目で新二郎を見おろした。

「どうやらそなたは、わしの調べと同じ結論に達したようだな」

新二郎は道場の板敷きで正座している。涙を拭おうともしない。

「やはり兄は、八巻に殺されたのでございまするな！」

巨吽斎は無念の表情を浮かべた。

「そのようじゃ」

顔も知らぬとはいえ孫弟子である。自分の剣術を伝えられた男がむざむざと討たれたことは、流派の宗家として口惜しさに堪えぬ思いなのであろう。

小半時（三十分）ばかり泣き続けて、ようやく新二郎は懐紙で涙を拭った。それを見届けてから、山方巨叶斎が言った。

「……八巻という男、いかほどの者かと気になってな。わしも少しばかり調べてみた。そうしたら――」

「いかなる者にございましたか」

巨叶斎は双眸《そうぼう》をカッと見開いた。

「まことに恐るべき剣客であった。江戸を騒がせておった凶賊どもが、ほとんど成す術《すべ》もなく、かの者の手にかかったのじゃ」

その物言いに、新二郎はいささかの引っかかりを感じた。

「たかが悪党にございましょう。そのような者どもを斬ったところで自慢にはならぬと存じまする」

江戸で五指に数えられる剣客の逸話としては、いささか見すぼらしすぎると、新二郎には思えたのだ。

しかし巨叶斎は首を横に振った。

「それは心得違いと申すものぞ。我ら武士が、畳の上でいかに竹刀を振り回して技を工夫しようとも、果たしてそれが実戦で役に立つものかどうかは分からぬ。

翻《ひるがえ》って、悪党どもは生き死にの場で、殺人の技を磨いておるのだ」

そして両目をギラリと光らせた。

「左様、八巻の剣は殺人の剣なのだ」

「殺人の剣！」

「我らが剣を通じて磨いておるのは心。いわば剣で人を活かす道。これが活人剣《かつにんけん》の極意じゃ」

山方巨咋斎は凄まじい眼光を、どこか遠くへ向けた。

「しかしながら八巻の剣は殺人剣《せつにんけん》！　かの者は殺人剣の名手なのだ。そのような凶剣に誰が太刀打ちできようか。かの者は、いわば、飼い馴らされた猫の群れの中におる餓狼《がろう》じゃ。この太平の世に突如現われた戦人《いくさびと》なのだ！」

新二郎も愕然《がくぜん》として唇をわななかせた。気を取り直して、訊ねた。

「大先生でも、八巻には敵《かな》わぬとお考えなのでしょうか」

「そんなことはない」

ふいに、巨咋斎が総身の力を抜いた。

「殺人剣は所詮《しょせん》、邪険よ。剣の正道たる活人剣には敵わぬものと知れ」

「なれば――」

「なれど、わしは歳をとりすぎた。あと二十、否、十五も若ければ、八巻に対して後れを取ることなどなかったであろうが、如何《いかん》せん、この老体だ」

そう言って、虚しそうに笑った。

新二郎には返す言葉もなかった。

（やはり、拙者が自分で討つしかない）

新二郎は夜道を歩きながら、そう思った。

（要は、世間に知られずに、八巻を討ち取ることができればいいのだ）

八巻は人知れず辻斬り狩りを敢行し、多くの悪党たちを斬り捨ててきた。

（正義の士を気取っているが、そうではない。奴は己の殺人剣を磨くために、誰彼かまわず人を斬ってきたのだ）

江戸を騒がす群盗たちを大勢やっつけて、江戸一番の切れ者同心などと評判をとっているようだが、それもまた御用に託《かこ》つけて人を斬るのが目的だったのに違いないのである。

いずれにせよ、盛垣家は新二郎に対して仇討ち免状を出しはしないであろう。仇討ち免状がなければ、兄の敵を討ち取っても、それは仇討ちと認められない。

ただの殺人者となって処罰される。

「ならば、かまわぬ！」

新二郎は闇に吠えた。

「八巻が人知れず人を斬るのと同じように、拙者も人知れず八巻を斬ってやるだけのことだ！」

もはやそれしか兄の無念を晴らす方法はない。

（さて、どうすれば八巻と相まみえることができるかだが……）

宵闇に包まれ、軒行灯《のきあんどん》に火の入った四つ角に立って、酔客たちの出歩く様を横目で見ながら考えた。

（そうだ、吉原だ）

八巻は吉原の近くで辻斬り狩りを敢行している。ならば自分がそこに出向けば、かならずや八巻と巡り合うことができるはずだ。

「吉原だ！　吉原に行かねばならぬ！」

大声で叫んで、通り掛かった酔っぱらいたちを驚かせた。

「そんなに気張らなくても、吉原は逃げやしねぇよ」

酔っぱらいの一人が茶化したが、それにも気づかず新二郎は、吉原を目指して大手を振って歩き始めた。

「田舎侍め。今夜、吉原に初登楼のようだぜ」

「まるで果たし合いにでも行くみてぇな姿じゃねぇか」

酔客たちが新二郎を見送って、さんざんに嘲笑した。

五

龍泉寺町《りゅうせんじちょう》は吉原の北西の田圃《たんぼ》の中にある。

町外れにある自身番の前を、西の町から吉原に向かう者たちが通《かよ》っていく。

夜もだいぶ更けて、夜四ツ（午後十時ごろ）を報《しら》せる鐘が聞こえてきた。番小屋の親爺は表に出てきて夜空を見上げた。

「吉原も仕舞いの刻限だな」

夜四ツには大門が閉じられる。四ツの鐘が鳴らされれば、吉原に向かう者も、吉原から帰る者も途絶えるのだ。

道を歩く者がいなくなれば番小屋の仕事も減る。あとは火事や泥棒の見張りぐらいしかすることはない。

「ずいぶんと冷え込んで来やがったなぁ」

なるべく寒くならないうちに常夜灯の油を注《さ》しにいこうかと思い、提灯を持って外に出たその時、田圃の中の道を、何者かが歩いてくるのが見えた。

なにやら只ごとならぬ物腰である。番小屋の親爺はこれでも人を見る目を鍛えている。悪人ではあるまいかと考えて、闇の中に声を放った。

「誰でぃっ」

しかしその人影から返答はなかった。なおも悠然と歩み寄ってくる。親爺は提灯をかざした。

「……あっ、お役人様」

その人物は、黒い羽織を巻羽織にしていた。岡っ引きらしい小者も引き連れている。慌てて腰を屈めて低頭した親爺の前を、物も言わずに二人は通りすぎて行った。

親爺は「フウッ」と息を吐いて、同心主従を見送った。

「ずいぶんと威のある同心様じゃねぇか」

そう言ってから、首を横に振った。あれは威厳があるというのとは違う。殺気立っている、というべきだ。

「まだお若い同心様だったが――」

と、呟《つぶや》きかけて、ハッと顔色を変えた。

「あれが、人斬り同心の八巻様か……！　そうだぜ、辻斬り狩りに出役してきたのに違《ちげ》ぇねぇ！」

今夜もきっと血の雨が降る。

「お、おっかねぇ……」

親爺は番小屋に飛び込むと、ピシャリと障子戸を閉ざした。


「同心の形《なり》をしていりゃあ、番小屋で呼び止められても屁でもねぇ。さすがは天満屋の元締だ。面白《おもしれ》ぇことをお考えなさる」

三治がせせら笑っている。一方の万里五郎助は不満顔だ。

「今夜こそ強い相手に巡り合えるんだろうね。江戸は武士《もののふ》の都——っていうけど、なんだい、骨のない侍ばっかりじゃないか」

「そりゃあまぁ、昨今のお侍様は、ヤットウなんぞを習うより、算盤でも習った方が出世が早《はよ》うござんすから」

殺す相手は誰でもいいから執拗《しつよう》に殺人を繰り返し、江戸の町を恐怖に陥れると同時に八巻卯之吉の名を貶《おとし》めろ、というのが天満屋からの命令だったのだが、万里五郎助という男、自分と対等に強い相手としかやり合おうとしない。そのせいで一晩中歩き回っただけで、家路につくことが多かった。

（これじゃあ同心が夜回りをしているのと同じことじゃねぇか）

三治は呆れるばかりである。同心姿で江戸の市中を見回って、治安の維持に貢献しているようなものだ。

（今夜も無駄足になるんじゃあるめぇな）

供をさせられるほうの身にもなってもらいたい、などと思わぬでもないのだが、そもそも相手の身になって物事を考える人間は人斬りにはならない。迂闊《うかつ》に文句など言って、こっちが斬られてはたまらない。三治は渋々と従い歩いた。

吉原の周囲は田圃ばかりだ。秋の稲穂は刈り取られている。土手の夏草もほとんど枯れて、黄色くなった葉を夜風に揺らしていた。

その時、突然に万里が足を止めた。

「どうなさいやした？」

万里は視線を闇に向けている。闇の中を伸びる道の先に、何かを感じ取っているようだ。しかし、三治の目には何も見えない。

「誰か、いやがるんですかい？」

万里は瞬きもせずに視線を据えたまま答えた。

「待ち構えているみたいだ」

「へぇ？　ついに本物の辻斬りですかね」

「わからない。でも、かなりの遣い手だよ」

万里は前に踏み出そうとした。三治は慌てて止めた。

「勝てる相手なんでしょうね？」

こんなに緊迫した様子の万里を見るのは初めてだ。

「万が一、旦那が斬られるようなことにでもなれば、八巻を陥れてくれようって いう、元締の策が無駄になりやす」

万里の死体が転がるようなことになれば、八巻の濡《ぬ》れ衣《ぎぬ》は自然と晴れてしまう。

「勝てるかどうかわからねぇ相手と戦うのはよしておいて、勝てそうな相手を斬り殺して回りやしょうや」

まともに返事をする値打ちもないという顔つきで、万里は無言で踏み出していった。

「あ～あ」

露骨に不満の声を漏らしながら、三治は枯れ草の中に隠れた。斬り合いに巻き込まれたくはないが、首尾は見届けなければならない。

（来たな……）

吉永新二郎も万里の気配を感じ取っていた。闇の中で定かに姿は見えないが、相手の全身から放たれる殺気が押し寄せてきたのだ。

（これほどの殺気……さすがは人斬り同心の異名を取るだけのことはある……）

山方巨吽斎の言葉が脳裏を過《よぎ》る。八巻の剣は殺人剣。太平の世にあってただ一人、殺人の技を磨いている男なのだ。

（なぁに、拙者には活人剣がある！）

兄と共に学んだ剣は八巻の邪剣に勝るはずだ。『正道は邪道に勝つ』と山方巨吽斎も餞《はなむけ》の言葉を寄こしてくれたではないか。

（決して、負けはせぬぞ）

新二郎は足を運んで八巻に歩み寄った。

「待ちかねたぞ八巻！　兄の敵！　いざ、尋常に勝負！」

「敵？」

闇の中から、声変わり前の少年のような、可憐な声が聞こえてきた。

新二郎は堂々と名乗りを上げた。

「貴様に討たれた吉永春蔵の弟、新二郎！　兄の無念を晴らすために推参いたした！」


（敵討ちだと？）

三治は耳を疑った。これじゃあまるで芝居や講談ではないか、と思ったのだ。日本全国天下太平で、敵討ちなどは何十年に一度あるかないかだ。江戸っ子の大半は敵討ちなど絵空事だとすら思っている。

（しかしまぁ、侍を斬って回れば、敵討ちって話になるのかもしれねぇ）

面白くなってきた、と思う反面、本当に万里は大丈夫なんだろうな、と心配しながら、枯れ草の陰から見守った。

闇の中に巻羽織姿が浮かび上がった。空には細い月がかかっている。視力の良い新二郎の目には相手の姿がはっきり見えた。もちろん、斬り合いをするのに不自由はない。

（なるほど、役者のような華奢《きゃしゃ》な姿だ）

新二郎なりに八巻の人となりを調べてある。否、調べなくても町中を歩けば向こうから、八巻の評判が聞こえてきた。

（剣客として、ご老中様やお大名様に鍾愛《しょうあい》されているだけではなく、同心として町人からも親しまれておる。まことに憎い相手だ）

だからこそ討ち取る甲斐《かい》があるのだ、と、新二郎は思った。

八巻も静かな歩調で踏んでくる。敵と決めつけられても逃げようともしないし、抗弁しようともしない。

（やはり、こやつが兄を斬ったのだ）

万が一違うのならば、抗弁しようとするはずだ。しかし八巻は何も答えず、全身から殺気を放っている。

新二郎は念のために質《ただ》した。

「貴公が我が兄の敵であることに、相違ござらぬな？」

八巻は小さく頷いた。

「ご託はいいからかかってきなよ。すぐに兄さんの所へ送ってあげるからさ」

人を食った物言いだ。新二郎はカッと激怒しそうになり、

（否、これが八巻の策なのだ。相手を怒らせて、拙者の心を乱そうという謀《はかりごと》に違いない）

そう思い直し、努めて心を鎮めようとした。

「いざ、参る！」

腰の刀を抜く。すでに両袖は襷《たすき》で絞り、袴の裾は高く股立を取っている。両腕で円を描くようにして刀を頭上に振りかぶり、大上段に構えた。

八巻（と思い込んでいる男）はつまらなそうな目で、新二郎を見た。

「またその構えか。君の兄さんも、その構えから死んでいったよ」

子供のような愛らしい顔で、子供のように遠慮なく吐き捨てた。

新二郎は口惜しさに歯噛みしながら、（落ち着け、落ち着け）と自分に言い聞かせた。

「抜かれよ！」

八巻に叫ぶと、八巻はスッと腰を落とした。

「居合か！」

兄は上段に構えて、腹を斬られて死んだのか。

「なるほど、居合か」

剣客とも思えぬ華奢な体軀《たいく》の理由が納得できた。斬り結び合うことなく、一刀で始末をつける居合斬りなら、巌のような巨体は要らない。

(ならば拙者は、一刀の元に斬り捨てるのみ!)

狙うは八巻の頭か、肩か。否、腕がよい、と新二郎は思った。居合抜きでこちらに向かってくるはずの腕を斬る。続けざまの返し斬りで横から首を刎《は》ねる。

(これで勝てる……!)

新二郎は己に強く言い聞かせた。

八巻は居合腰のまま、ジリジリと雪駄の裏を滑らせて迫ってきた。黒羽織を脱ごうともしない。下半身は着流しで、尻端折《しりはしょ》りもしていなかった。袖や裾が手足に絡んで邪魔であろうが、それでも勝つ自信があるのか、幼げな顔に意地の悪そうな笑みまで浮かべていた。

新二郎も臆することなく前に踏み出していく。

一刀で八巻の利き腕を仕留める。ただそれだけ意識して、己の刀が相手に届く瞬間を待ち続けた。

視界が狭窄《きょうさく》する。八巻の顔と姿だけが視界の真ん中にある。耳は何も聞こえない。八巻が全身から発する殺気だけが、蠟燭《ろうそく》の炎のように、大きくなったり、小さくなったりした。

八巻の身体はずいぶんと小さい。だがしかし、前後には異様に長く感じられた。長く長く伸びた八巻の身体の先端が己の脇腹に届く——そんな錯覚を新二郎は何度も感じた。

瞬間、八巻の身体に斬撃の〝色〟が浮かんだ。一瞬、何かが膨れ上がって見えた。

「やっ！」

「たあっ！」

二人の身体が同時に跳ねた。新二郎は無心で刀を振り切った。

凄まじい火花が散った。金属音が聴覚を貫く。指そのものをもぎ取られるような衝撃を感じ、新二郎はおもわず刀を取り落としそうになった。

「ムッ……！」

新二郎は急いで飛び退《の》き、距離を取った。

（打ち込みが早すぎたか！）

相手の腕ではなく、抜き打ちの刀を打ってしまったのか。

（違う！　拙者の太刀行きが早すぎたからではない……）

相手の居合の速度が勝り、刀を抜こうとする腕ではなく、抜刀しきった刀身にこちらの刀が激突したのだ。

新二郎は八巻の腕を斬り落とすことができなかった。しかし八巻の刀も大きく弾かれて、新二郎の身体には届かなかった。

まずは互角。相手の力量を推し量ることはできた、ということなのだが、新二郎は僅かに焦りを感じた。

（まさか、これほどに速く抜ききるとは……！）

さすがは噂の剣客同心といったところか。

大上段の構えを下ろして、今度は正眼の構えをとった。斬撃の振りを小刻みにしようという策だ。大きな構えから小さな構えへと変える。それだけ自信を喪失しているということでもあった。

目の前に火花の残像が広がっている。刀同士が当たってできた火花をまともに見てしまった。これでは相手の姿もよく見えない。迂闊に斬りかかることはできなかった。

八巻の目も同じ状態であるらしい。警戒して踏み込んでこようとはしない。

（どちらの目が先に見えるようになるかの勝負だ）

なんともおかしな戦いとなった。新二郎は両目を盛んに瞬《また》かせてみた。そうすれば早く目が見えるようになるかも知れないと考えたのだ。

斬るにも斬れずにいたその時であった。彼方から大勢の男たちの駆けつける物音が聞こえてきた。

新二郎はすかさず立ち位置を変えて、双方に対処できる体勢を取った。

「……荒海一家か！」

提灯に大きく書かれた文字が残像越しにも読み取れた。

八巻の周辺は調べてある。狂暴な侠客一家が、悪徳同心、八巻の手下として悪事を重ねているらしい——ということも知っていた。

（これはいかん！）

（首魁の窮地と見て取って、加勢に駆けつけてきたのだ！）

八巻一人だけでも手に余るのに、侠客たちに取り囲まれたらどうにもならない。四方八方から石礫《いしつぶて》などを投げつけられ、隙を見せた瞬間に、八巻によって斬りつけられてしまう。

「おのれ！　どこまでも卑劣な！」

新二郎は身を翻すと、田圃の中を一目散に走って逃げた。

(これが江戸で五指に数えられると評判の、剣客同心の正体か！)

強い敵だと見て取れば、手下を使って押し包む。

(きっと、この手口で兄上を殺したのに違いない！)

口惜しくてたまらず、またしても滂沱の涙を流しながら新二郎は走って逃げた。


「良く探せ！　確かに、ここらにいやがったぞ！」

寅三が提灯を振りかざしながら叫んだ。

「おい粂五郎、お前《め》ェは見たか」

粂五郎は細い目を光らせながら頷いた。

「確かに一人は、黒巻羽織を着ていやがりました！」

「おう。そいつが旦那を騙《かた》る偽者に違ぇねぇ」

荒海一家は新二郎ではなく、同心八巻の偽者を追っていたのである。

無論のこと、万里と三治も、荒海一家の提灯を見て逃げだした。一家がこの場に駆けつけたのは、新二郎と万里の双方が姿を消した後だったのだ。

「くそっ、あと少しで旦那の濡れ衣を晴らすことができたのによォ！」

寅三は地団太を踏んで悔しがっている。

第四章　思い募りて

一

翌朝、新二郎は朝靄《あさもや》をついて、八丁堀の同心組屋敷街に乗り込んだ。
通り掛かった蜆《しじみ》売りに道を尋ね、おぼつかない記憶と照らし合わせる。
「うむ。八巻の屋敷は、確かにここだった」
間違いないと確信しながら、垣根の前に立ったのだが、
（ずいぶんと粗末な屋敷であることだな）
と、感じた。
（国許にある拙者の屋敷だって、せめて門ぐらいは構えておるぞ）
八巻の屋敷には門すらない。表道と庭を隔てているのは、片開きの扉の一枚だ

けだ。寅三を追ってここに来た夜には気にも止めなかったのだが、あらためて見ると驚くほどに貧しげな屋敷であった。

町奉行所の同心の身分は〝足軽〟であるから、屋敷が粗末なのは当たり前なのだが、八巻は老中からも鍾愛《しょうあい》されている剣豪――だと新二郎は信じている。

（もっともっと、大きな屋敷を構えておるものと思っていたのに）

敵《かたき》は大きい方が良い。少なからず失望しながら片開きの扉を押し開けた。

屋敷の敷地に踏み込む。緊張感に身が震えた。

新二郎は、八巻との決着をつけるために乗り込んできたのである。

（闇討ちにしようにも、八巻には荒海一家がつき従っておるようだし……）

一家に邪魔をされたら、おちおちと勝負もできない。それならば、荒海一家から切り離されている時に戦いを挑むしかない。

（八丁堀の組屋敷に乗り込む。それにしくはなし）

新二郎なりに考えて、この結論に達した。

堂々と八巻の屋敷に乗り込んで、剣客同士の果たし合いを申し込む。八巻は江戸中に武名を轟《とどろ》かせた名士だ。正々堂々と正面から乗り込めば否とは言うまい。

「いや、言えぬはずだ」

八巻は己の武名を守らなければならない。

そして八巻のほうも、新二郎を密かに始末したがっているはずなのだ。

（荒海一家を加勢に使っているという、剣客にあるまじき姿まで、拙者に見られているのだからな。重ね重ね、生かしておけぬと思っているはずだ）

新二郎はそう信じている。


庭先に立ち、屋敷の中に訪《おとな》いを入れようとしたのだが、ここで新二郎はまたしても困惑させられてしまった。

（この屋敷には玄関もないのか。まるで百姓家だ）

町人が陳情などで訪れて来た際には台所で対応するのであろう。だが新二郎は武士である。しかも決闘を求めてきたのだ。台所口に回ることはできない。

新二郎は縁側の沓脱《くつぬ》ぎ石の前に立った。

「頼もう！」

大声を発すると、障子の奥の座敷から、寝言のような声がムニャムニャと聞こえてきた。

（はて？　誰かが寝ておるのか。すでに日は高く昇っているというのに）

首を傾《かし》げていると、台所の方から回ってきたらしい人物が、濡れ縁に姿を現わした。

「おう」

新二郎は思わず声を漏らした。

（なんと美しい小姓だ！）

眉目秀麗、匂い立つような色香を漂わせた美貌の若侍が、スッと背筋を伸ばしたまま足を運んできて、袴捌《さば》きも見事に、その場に正座をした。

新二郎は感嘆した。

（さすがに江戸は公方様の都だ。盛垣の城では、殿の小姓だとて、これほどに美しくはないぞ）

美貌の小姓は、切れ長の双眸《そうぼう》で新二郎を見つめてきた。濃い睫毛《まつげ》と濡れた瞳が魅惑的だ。新二郎に衆道の気はないが、なにやら胸が締めつけられるような心地がした。

「何か、御用ですか」

小姓が鈴を転がすような美声で質《ただ》してきた。小姓に見とれていた新二郎は、ようやく我に返った。

「せ、拙者……ゴホン」

なぜか咳払いまでしてしまう。

「拙者は、盛垣家中、吉永春蔵が弟の新二郎と申す。八巻殿と決着をつけるために推参仕《つかまつ》った。そう伝えてもらえれば、八巻殿には通じ申す」

途端に小姓の顔つきが険しくなった。

「試合をご所望か」

怒りを滲《にじ》ませたその顔つきまでもが美しい。新二郎の胸はますます切なく焦《こ》がれてきた。

慌てて、(今は、小姓なんぞに見とれておる場合か！)と、気を引き締めた。

新二郎は小姓に向かって、大きく頷《うなず》き返した。

「いかにもご推察の通りである。八巻殿も拙者との決着を望んでおられるはず」

小姓は唇をきつく結んで頷いた。

「わかりました。いかなる経緯《いきさつ》がおありかは存じませぬが、それならば、まずはわたしが立ち合います」

「貴公が？」

「わたしに勝つことができましたならば、次は我が師が、あなた様と立ち合われます」

「ほう。貴公は八巻殿のお弟子でござったか」

師と立ち合う前に、門弟と立ち合わせることは珍しくない。

なるほど、よくよく見れば立ち居振る舞いには微塵《みじん》の隙もない。美貌ばかりに目が行ってしまい、そこまで気が回らなかったのだが、若いながらによほどに鍛えられた剣士だと知れた。

「しばし、お待ちあれ」

小姓は奥に引っ込んで、すぐに台所口から出てきた。この庭先で勝負をつけるつもりらしい。早くも両袖に襷《たすき》掛けをし、袴の股立を高く取っていた。

その姿を見て、またしても新二郎は、クラッと幻惑させられてしまった。

袴の裾が高く捲《めく》れあがって、脹脛《ふくらはぎ》と太腿《ふともも》が見えている。その美しさ、悩ましさときたら――、

（まるで白磁のようだ）

滑らかな白い肌から目が離せない。

（いかんいかん！）

慌てて妄念を振り払う。こんなことで心を乱している場合ではない。

（おのれ、八巻め。俠客どもに加勢をさせたかと思えば、この次は色小姓で心を惑わす策か！　どこまでも卑劣な男だ！）

などと唇を嚙みしめるのだが、心を惑わせているのは一方的に新二郎の責任である。

「得物《えもの》は何をお使いなさる」

小姓が訊ねてきた。小姓自身は、左手に木剣を下げていた。

新二郎は返答に困った。八巻とは真剣で立ち合うつもりで来たからだ。木剣や竹刀のような物は持ち合わせていない。

（さりとて、この小姓と真剣で斬り合うわけにもいかぬぞ）

小姓とはなんの遺恨もない。

八巻と戦うためにはこの小姓を倒さねばならぬ。もちろん倒してくれるつもりでいるが、この美しい小姓を斬り殺すのはあまりにも惜しい——ではない、可哀相だと新二郎は思った。

困っていると、その顔つきから察したのか、小姓が申し出てきた。

「木剣をお貸ししようか」

「うむ。それが良い」

「しばし、待たれよ」

再び台所に引っ込んだ小姓が、使い込んだ木剣を手にして戻ってきた。

「わたしの使い古しだが」

差し出されてきた木剣を受け取る。握りに染みついた手の脂まで愛《いと》おしい――

などと思ってしまい、慌てて新二郎は首を横に振った。

「いざ！」

小姓が気合もろともに勝負を促してくる。可愛らしい顔をしてずいぶんと喧嘩ッ早い。

さて、こうなると新二郎も本気を出さざるを得ない。小姓の美貌などに悩殺されている場合ではない。剣客としての真剣さを取り戻して、羽織を脱ぎ捨てた。

すでに小袖には襷掛けをして、袴の股立も取っている。羽織を脱げば即、果たし合いができる格好だ。

借りた木剣を一振り、二振りしてみた。使い込まれた握りは自然と手に馴染む。もっとも、普段の新二郎は、もっと太くて長い木剣を使っているのだが、

（ま、これでも、どうにかなるであろう）

と、考えた。

楽観的だからではない。試合を前にして、心に不安を残したくなかったからだ。この木剣で勝てる！　と自分に言い聞かせたのであった。

「参るぞ！」

木剣を正眼に構えた。八巻の門弟であるのなら居合を使ってくるはずだ、と考えたからだ。

ところが小姓は八相に構えた。新二郎はいささか面食らった。

（……居合では、試合にならぬからか）

居合斬りは真剣勝負でしか立ち合うことができない——とされている。

（ならば、それもよし！）

新二郎は腹の底から、気合の声を張り上げた。

「イヤアアアアッッ！」

小姓も澄んだ声音で「オウッ」と答えた。二人の剣士が発した気勢で庭の木々が震えた。

緊迫感に張りつめた大気の中、新二郎はジリッと前に踏み出した。

（八相の構えならば、遠い間合いから斬りつけてくるはず……）

八相の構えは、道場の試合では隙だらけとなり、勝負にならない。そんな構えを故意に取った理由があるはずだ。

（どうやら、古流派《こりゅうは》のようだな）

戦国の世に実戦で編み出された流派を古流派という。野原を走り回りながら戦うために磨かれた剣術だ。

小姓はその場でピョンピョンと跳ねている。鳥飛びだ。

（古流派であるなら、どのような剣を使ってくるともしれぬ）

天下太平の江戸時代に、道場の床板の上で、至近距離での勝負を競った道場剣術とは大きく異なる。

遠い間合いは敵の得意とするところだ——と新二郎は看破した。ならば、こちらの得意の間合いに持ち込むことができれば、局面は有利になるだろう。新二郎はさらに前に踏み出して、間合いを詰めにかかった。

すると途端に、

「タアッ！」

小姓が身を翻《ひるがえ》して突進してきた。斜め上に振りかぶった木剣を、すれ違いざまに振り下ろしてきた。

「ムッ……！」

新二郎は小姓の木剣を打ち払った。木剣同士がカンッと乾いた音を立てた。

握りを返してすかさず小姓に打ちかかったが、小姓の身体は軽々と飛翔して、新二郎の間合いから逃れた。新二郎の木剣は宙を斬った。

（まるで燕《つばめ》の如き剣だ！）

小姓の素早さと身軽さは、空を低く舞う燕のように感じられた。

なるほど――と新二郎は覚《さと》った。小姓は小柄で痩身、体重は軽い。至近距離での鍔迫り合いとなれば巨軀《きょく》の持ち主には押し負ける。だからこそ、遠い間合いから一足飛びに斬りつけてきたのだ。

（八巻もきっと、似たような剣を使うのに相違あるまい）

八巻もまた、剣豪とはとうてい思いがたい痩身の持ち主である。

（居合を使ううえに、刀を抜けば飛燕《ひえん》の如くに舞う剣か。ううむ、侮《あなど》り難い）

と、勝手に納得――というか誤解をした。

小姓がまたも距離を詰めてきた。

（今度は、前のようにはさせぬぞ）

新二郎にも秘策がある。スッと切っ先を下ろし、故意に隙を見せて相手を誘った。

　小姓がその隙に乗った。

「たあっ！」

　裂帛《れっぱく》の気合と共に打ち込んできた。

「おうっ！」

　新二郎は己の木剣で相手の斬撃をまともに受けた。

（軽いぞ！）

　細身の小姓の体重は、おそらく新二郎の半分にも満たない。小姓の打ち込みを軽々と受け止め、右手を木剣の握りから放した。左手一本の握力と膂力《りょりょく》で、小姓の打ち込みを凌《しの》いだのだ。

　そして、空いた右手で小姓の襟をムンズと摑んだ。

（捕まえたぞ！）

　そのまま柔《やわら》の体勢で引き寄せる。斬りつけてきた相手の勢いをそのままに、相手の身体をたぐり寄せつつ腰を合わせると、相手の体重と重心が新二郎の腰の上に見事に乗った。

　新二郎は柔術も得意としていたのだ。思い切り小姓を投げ飛ばした。小姓は背中から地面に落ちる。しかしさすがの身のこなしで、咄嗟《とっさ》に受け身を取った。

受け身は、投げつけられた衝撃を和らげるための技だ。怪我を防ぎ、かつ、すぐさまに反撃の姿勢をとることができる。

(さてこそ、八巻の門弟!)

新二郎はむしろ感嘆しながら続けざまに技を繰り出そうとして腕を伸ばした。

相手の胸ぐらを摑み直そうとしたその時——、新二郎は、自分の手のひらが何か、不思議な物を摑んだことに気づいた。

「……えっ?」

柔らかくて弾力のある何かだ。

「あわわわわっ……!」

新二郎は慌てて手を離して飛びのいた。小姓を指差して唇を震わせる。

「おっ、おおお、女ッ……?」

今摑んだのは女人の乳房だ。間違いない。一方の小姓は胸の前で両腕を交差させて顔を真っ赤に染めている。胸を触られたことに恥じ入り、憤っている顔つきだ。

新二郎は叫んだ。

「なにゆえ女人が……！」

と、その時。

「朝から騒々しいですねぇ。おちおち寝てもいられませんよ」

大欠伸《あくび》をしながら、寝間着姿の痩せた男が障子を開けて縁側に出てきた。腰紐《こしひも》が解け、着物の前もはだけた、だらしのない姿だ。

「旦那様！」

小姓――に扮した娘が、胸を押さえたまま真っ赤な顔を伏せた。

新二郎は娘と、だらしのない男とを交互に見た。

「旦那様？」

そう言うからには、このだらしのない男が屋敷の主なのであろう。

しかし、この男は昨日の夜に対決した八巻卯之吉とは明らかに違う。まったくの別人だ。

新二郎は叫んだ。

「こちらのお屋敷は、八巻の屋敷ではなかったのか！」

「こちらは八巻の屋敷ですよ」と、呑気《のんき》な口調で、どこかしら他人事《ひとごと》のように答えたのは、だらしのない男だ。

「では、そなたはいったい何者なのだ！」

男は不思議な生き物を見るような目で、新二郎を見た。

「人の屋敷に押しかけておいて、何者なのだ、は、ないでしょう。あなた様のほうこそ、どこのどちら様なのですかね？」

「人の屋敷？　ということは……。まっ、まさか、貴公が南町の同心、八巻卯之吉殿、ご本人ということか！」

男はのほほんとした顔つきで頷いた。

「左様でございますとも、あたしが八巻卯之吉です。それで、あなた様は？」

新二郎は答えず、突然、口惜しそうに歯嚙みし始めた。

「違うッ。別人だ！　あいつは偽者だったのだ！」

「はい？」

卯之吉はまったく話を飲みこむことができずに、首を傾げた。

美鈴はまだ、真っ赤な顔をして唇を尖《とが》らせ、胸を守る姿で新二郎を睨《にら》みつけている。

二

「左様でございましたか。世間様ではそのようなことが、起こっていたのですかえ」

　卯之吉が座敷に座っている。ようやくに身だしなみを整えてから、新二郎を座敷にあげたのだ。

　新二郎は卯之吉に向かって深々と頭を下げた。

「せ、拙者、八巻殿の偽者を、本物の八巻殿だと心得違いをいたし、我が兄の敵だ、などと軽々に決めつけ、挙げ句の果てにお命まで狙い――」

「まぁ、その話はあとで詳しくお聞きしましょう」

　卯之吉は、くどくなりそうな新二郎の詫び言を制した。

「お話を伺うのは、荒海一家の皆さんが来てからのほうが宜《よろ》しいかと存じますのでねぇ」

　新二郎から聞き出した事情を、自分の口から三右衛門に伝えるのは面倒臭い。

　そう思って銀八を赤坂新町まで走らせた。

「一家の皆さんが来る前に、朝御飯を食べてしまいましょうかねぇ」

台所から美鈴が静々と入ってきた。膳を卯之吉と新二郎の前に並べる。途端に新二郎の目が輝いた。

「やや、これはかたじけない」

兄を殺された悲しみや、偽八巻に騙《だま》された憤りや、八巻の屋敷に押しかけてしまった申し訳なさなどは、一瞬にしてどこかへ飛んで行ってしまったようだ。子供のように目を輝かせながら、御飯の盛りつけを待った。

美鈴が、例によって山盛りの椀をそれぞれの膳に置いた。

「それではいただきましょう」

卯之吉が箸を取る。新二郎は、待ってましたとばかりに手をだして、

「頂戴いたす」と言った。

あとはひたすら箸と口とを動かし続ける。あっと言う間に一杯目を平らげると、美鈴に向かって椀をグイッと突き出した。

美鈴にとって新二郎は、卯之吉の命を狙って乗り込んできた曲者《くせもの》だ。さらには胸まで触られた。憤懣《ふんまん》やる方ない顔をしていたのだが、

「せっかくおいでになったのですから、好きなだけ食べていってもらいましょう」

と言い出したのは卯之吉だ。仕方なく、御飯を山盛りによそった。

「かたじけなし！」

受け取るやいなや、またも凄《すさ》まじい勢いでかきこみ始める。

卯之吉は、いっぷう変わった男が大好きだ。心の底から嬉しそうな目つきで新二郎を見つめた。

「お見事な食べっぷりですねぇ」

厭味《いやみ》に聞こえぬでもない物言いだったが、新二郎は素直に照れた。

「いやぁ、拙者、大食いだけは、誰にもけっして引けをとるものではござらぬ」

「それはそれは」

卯之吉はますます嬉しそうに破顔した。

新二郎は、チラリと横目で美鈴を見た。

「しかし……、さすがは評判の八巻殿。このようにお強いご妻女を娶《めと》っておられるとは」

「まぁ！　ご妻女だなんて！」

途端に機嫌を直した美鈴が、「もっと召し上がれ」と、新二郎の椀を奪い取って、いそいそと白米を盛りあげ始めた。

しかし卯之吉は、美鈴の気持ちなどお構いなしに首を横に振った。

「まさか。そちらのお人はあたしの連れ合いなんかじゃございませんよ。あははは」

卯之吉にはまったく悪気がない。しかし美鈴は新二郎とは正反対に、あれこれと勘繰ってしまう質《たち》だ。恋する娘なら当然のことであろう。思わず椀を取り落としてしまった。

「ああ、もったいない。いや、構いませぬ。そのまま食べます」

新二郎は椀を拾って、こぼれた飯を指でよそいなおすと、またも無心に頬張り始めた。

「お内儀ではないということになると、では、許嫁《いいなずけ》でござろうか」

「それも違いますよ」

卯之吉は笑って答え、美鈴は一喜一憂しながら首を右に左に振り続ける。

「左様でござるか」

新二郎は大きく息を吐きだした。そしてジロリと美鈴を見た。美鈴はプイッと視線を逸《そ》らせた。

新二郎は卯之吉の何倍も食べたのに、食べ終わるのは卯之吉よりも早かった。

卯之吉の食事が遅すぎるのである。

しかし、古来より、武芸の達人というものは粗食であって、飲む水の量さえ少ないとされている。新二郎は食い入るような目つきで卯之吉の食事の作法を睨んでいる。

卯之吉は商家の若旦那育ちであるから行儀作法は良い。そして、飢えたことがないから、食事そのものに淡白だ。

その所作はじつにゆったりとしていて、滔々《とうとう》と流れる水のよう――に、見えなくもない。

新二郎はそれを見て、（なるほど、名人上手というものは、こういう風格であったのか）などと、勝手に勘違いして感服しきりの様子であった。

卯之吉の食事がようやく終り、美鈴の手で膳が片づけられた。卯之吉は嬉しそうに、片づけられるお櫃《ひつ》を見送った。

「今朝はあなた様のお陰で、無理やり食べさせられずに済みましたよ」

新二郎にはなんのことやら理解できない。

「拙者の大食いのせいで、お櫃がほとんど空になってしまい……。相済まぬことでござる」

「いえいえ。毎日食べに来てもらいたいぐらいのものです」

卯之吉は鷹揚《おうよう》に笑った。

そうこうするうちに台所が騒がしくなってきた。荒海一家が到着したらしい。

ドタバタと廊下を走ってくる音がして、襖が荒々しく開けられた。

「やいっ、手前ぇ《てめ》か！　うちの旦那を敵呼ばわりして、つけ狙っていやがるドサンピンは！」

三右衛門が飛び込んできて、新二郎に食ってかかろうとした。

「まぁ、お待ちなさいよ」

卯之吉が急いで止めた。

「こちら様のお陰で、あたしの偽者がお侍様を殺して回っている——という事情が知れたのですからねぇ」

「えっ、……どういうこってすかい？」

「まぁお座りなさいよ。事の次第は、これからこちら様がお話しくださることになっておりますから」

「へい」

三右衛門はまだ納得のいかない顔つきをしていたが、座敷の隅に正座した。寅三たち、一家の者ども数名もやってきて、廊下に膝を揃えた。

卯之吉は新二郎に笑顔を向けた。

「それでは、宜しくお願いいたしますよ」

「うむ」

新二郎は居住まいを正してから、これまでの経緯と顚末《てんまつ》を語りはじめた。

新二郎が語り終えるやいなや、三右衛門が満面を真っ赤にさせて激昂《げっこう》し始めた。

「旦那の評判を落とそうってぇ魂胆だったのか！　くそうっ、どこの悪党がこんな悪事を企みやがったんだッ！」

新二郎も太い腕を組んで考え込んだ。

「八巻殿に罪をなすりつけ、切腹に追い込もうという策に違いあるまいな。あるいは拙者のように、八巻殿を敵と狙う者が現われることまで、期していたのかもしれぬ」

「まったく、危ねぇところだったぜ！」

三右衛門は憎々しい目つきを新二郎に向けた。

「まぁまぁ。こちらさまのご活躍で、あたしの嫌疑が晴れたのですから」

「そうだ」

三右衛門は新二郎に向かって深々と拝礼した。

「よくぞ報《しら》せてくだせぇやした。この通り、御礼申しあげやすぜ」

「礼を言われることなどない。拙者は八巻殿の命を狙っておったのだ」

微妙に緊張する空気には頓着《とんちゃく》せずに、卯之吉は呑気な顔を天井の方に向けた。

「さぁて、それで、これからどうしましょうかね」

「言うまでもねぇ話でございまさあ」

三右衛門が顔を鬼瓦のようにさせて凄《すご》んだ。

「その偽同心をとっ捕まえて、お白州に引き出し、旦那の濡《ぬ》れ衣《ぎぬ》を晴らしやす」

「いや待て」

新二郎が片手を伸ばして制した。

「その曲者は拙者の兄の敵だ。拙者が立ち合って討ち取らねばならぬ」

卯之吉は手柄争いなどには元より関心がない。

「それなら、その悪党は吉永様にお譲りいたしますよ」

あっさりと譲ったのだが、三右衛門は不満そうな顔をした。

「しかし旦那。あっしらだって黙っちゃいられやせん」

「もちろんだよ。それにこちら様は江戸の土地柄には不案内だ。あたしたちで悪党を見つける手助けをしてさしあげようじゃないか」

新二郎は、ハッと顔つきを改めて、畳に両手をついた。

「何から何までのご厚情、まったくもってかたじけなし！」

「いいってことです。あたしも我が身の潔白がかかっておりますからね」

卯之吉はしれっとして答えた。卯之吉の本性を知らぬ者の目には、たいした大人物であるかのように映ったことであろう。

「ようし、野郎ども、ボヤボヤしちゃあいられねぇぞ！」

三右衛門が帯の位置をグイッと直して立ち上がる。廊下に控えていた寅三たちが「おうっ」と答えて立ち上がった。

「それじゃあ旦那。それに吉永の旦那も、この件はあっしら荒海一家に任せてやっておくんなせぇ！」

三右衛門は子分たちを引き連れて飛び出していった。

「見事なご家来衆ですな」

新二郎が感心しながら言う。卯之吉は困り顔で首を横に振った。

「家来なんかじゃあございませんよ」

「ではなんなのです。それに、あの女人も不可解だ。小姓のようで小姓ではなく、ご妻女のようで、ご妻女ではない」

「う〜ん。そう言われてみれば……。あの人たちはいったいあたしの、なんなのでしょうねぇ？」

卯之吉自身にも答えられない。真面目に考え込んで、首を傾げた。

三

「ふわぁっ」

南町奉行所の門をくぐりながら、卯之吉は大きな欠伸を漏らした。途端に銀八に袖を引かれた。

「若旦那、お奉行所で欠伸は拙《まず》いでげす」

上役の与力たちに見咎《とが》められるかも知れない。しかし卯之吉は悪びれた様子もなく、眠い目を擦った。

「だってねぇ……。今朝は早くからあんな騒ぎだったろう？　お陰でこっちはまったく寝足りていないんだよ」

「なぁにを言ってるでげすか。吉永の旦那がお越しになったのは、もう五ッ（午前八時ごろ）を過ぎていたでげすよ」

棒手《ぼて》振りの魚屋なら一通り売り終えて、二度目の仕入れをするために魚河岸に走っている頃合いだ。そんな時刻まで寝ている方が間違っている。

そこへ村田銕三郎が血相を変えて走ってきた。鬼の形相で卯之吉に迫る。

「やいッ、ハチマキ！　手前《てめ》ェ、昨夜《ゆうべ》はどこで何をしていやがった！」

「はい？　どうしてそのようなことをお訊ねでございますかね？」

卯之吉が惚《とぼ》けた顔つきで問い返すと、村田はますます激昂した。

「一昨日の夜に引き続き、昨夜も〝人斬り同心〟が出没しやがった！」

「一昨日の夜？　……あたしは昨日は非番でございましたから、一昨日の夜の件は初耳でございますね」

「一昨日の話はどうでもいい！　昨夜は吉原近くの田んぼ道で、南町奉行所同心、八巻卯之吉を敵と狙う侍と、派手に斬り結びやがったそうだぜ！」

「はぁ、左様で。誰が見ていたんですかね」

「龍泉寺町の番太郎が騒ぎに気づいて駆けつけたそうだ。もっとも、斬り合いが怖くて遠くで見ていただけだったそうだがな」

「それで？」

「その後、荒海一家の者どもが駆けつけてきたって言うぜ！　やいッハチマキ！　荒海一家は手前ェの手下どもだろうが！」

「ははぁ。それであたしにお疑いをかけたのですね」

「まさか手前ェ、本当に侍殺しをやっていたんじゃねェだろうな。やいッ、差料を検《あらた》めさせろ！」

「差料？　ああ、あたしの刀のことですか。でも、どうして？」

「刃こぼれがねェかどうか、調べさせてもらう！」

　ギュウギュウと詰め寄ってくる村田を、卯之吉は「まぁまぁ」と押しとどめた。

「一昨日の夜のことは存じませんがね、昨日の夜に斬り合ったっていう御方なら、今朝、あたしの屋敷を訪ねて参られましたよ。ええと、確か、盛……」

「盛垣家の吉永新二郎様でげす」

　名前すらもまともに覚えていなかった卯之吉に向かって、銀八がすかさず口添えをした。

「そうそう。そういう御名前でした。そのお侍様も最初はあたしを敵だと思っていらしたそうなんですがね、実際に斬り結んでみたら、別人だったそうでして」

「手前ェッ！」

村田は両腕を伸ばして卯之吉の襟首を摑んだ。

「な、何をなさいます、ご無体な……」

「どうしてそんな大事《でえじ》な話を、すぐに報せて寄こさねぇんだ！」

「ゲホホホッ」

「もういいっ！」

村田は卯之吉を突き飛ばすと、奉行所内に取って返した。町廻同心たちの上司である、内与力の沢田彦太郎に報せるために走ったのだ。


新二郎は盛垣家の江戸屋敷に戻り、屋敷奉行に面会を求めた。屋敷奉行は、またぞろ面倒な相手が押しかけてきたと思ったのだが、これも良い機会なので、きつく叱りつけて、国許に追い返してしまおうと考え、面会を許した。

屋敷奉行は小半時（三十分）ばかり、わざと待たせてから、対面のための座敷に向かった。

座敷には決然とした顔つきの新二郎が正座して、きつい眼差しを向けてきた。それを一瞥《いちべつ》しただけで、たいがい嫌な気分になってしまったのだが、腹をくって対面する形で座った。

「まだ江戸におったのか――」

皮肉の一つも浴びせてやろうと思った矢先に、

「お奉行！」

新二郎が吠えた。

（まるで虎のような声じゃな）と、虎の鳴き声など聞いたこともないのだが、そう思った。

「なんじゃ」

面倒臭そうに問い返す。

「お奉行、拙者、兄を殺《あや》めし真《まこと》の下手人と邂逅《かいこう》いたしましたぞ！」

屋敷奉行は思わず前のめりになった。

「真の下手人だと？」

「いかにも！　兄を殺めたのは、八巻殿にはあらず！　八巻殿を罪に陥れようと謀《はか》る、偽者にございました！」

「なんじゃと！」

屋敷奉行の脳裏に、様々な思いが去来した。

「つ、つまり、それは、我ら盛垣家中が――ご老中様お気に入りの八巻殿と遺恨を残さずに済む――ということか？」

「遺恨どころか！　八巻殿は拙者の敵討ちにご賛同くださり、さらには下手人を探すために手下の者たちを走らせることまで約定してくださいましたぞ！」

屋敷奉行は仰天して飛び上がった。

「仇討ち免状！」

「はい？」

「そなたに仇討ち免状を下げ渡さねばならぬ！　八巻殿が偽同心を捕らえた際に、そなたが仇討ち免状を持っていなかったらどうなる！　わが家中は世間の笑い物となろうぞ！　ご老中様からお叱りを受けてしまうではないか！」

屋敷奉行は大慌てで、江戸家老の御用部屋へと走って行った。

一人、座敷に取り残された新二郎は、何が起こったのかもわからぬ顔つきで、いつまでもそこに座っていた。

間もなくして、南町奉行所から内与力の沢田彦太郎という男が、盛垣家江戸屋敷へと乗り込んできた。内与力は身分こそ低いが、南町奉行の側近として知られている。盛垣家中は緊張して迎えた。

沢田は、八巻の偽者が市中を徘徊し、侍たちを斬って回っている事実を告げた。それに最初に気づいたのは盛垣家の吉永新二郎なのだが、しれっとして伝えて寄こしたのだ。もちろん、盛垣家の面々も、恐れ入った顔つきで聞いている。

「かく申す次第でござれば、その下手人をそちらで捕らえた際には、そちらの手で仇討ちをなさっても差し支えござらぬ。なれど、仇討ちの前に、我らにもご一報いただきたく存ずる」

「心得てござる」

江戸家老、加藤大膳がしかつめらしい顔で頷いた。

「して、町方役人の手で捕らえた場合はどうなさる」

「左様……」

沢田彦太郎は、痩せた青黒い顔で思案するふりをしながら、答えた。

「偽同心に斬られた武士は、こちらの御家中の吉永春蔵殿のみにあらず。いくつかの家が敵と狙っており申すゆえ、こちらだけに下げ渡すわけには参りませぬ」

「では、どうなさる」

「早い者勝ち——ということになりましょうか。ご当家と南町奉行所とで早い者勝ち。もちろん、他の家々も同様。曲者を最初に見つけた者の手柄ということで落着するより他にございますまい」

沢田は江戸の町奉行所の者らしく、若干下世話な物言いで答えた。

「なるほど、早い者勝ちか」

加藤大膳は頷いた。腹の中では、

（いくつかの家での手柄争いとなるな。これは本腰を上げてかからねば、とんだ恥を掻くこととなるやもしれぬ）

などと考えていた。

沢田が帰ると、加藤大膳は急いで屋敷奉行を呼んだ。目の前に拝跪《はいき》した屋敷奉行に向かって加藤大膳は吠えた。

「江戸屋敷を上げて、吉永春蔵の弟に加勢するのじゃ！　ほかのことは後回しで良いッ！　すぐに人を集めろ！」

「はっ」と答えて退出しようとした屋敷奉行を呼び止める。

「吉永の舎弟に、腹一杯、飯を食わせてやれ！」

「兵糧攻めはお終《しま》いにございまするか」

「当たり前じゃ。腹が減っては戦もできまい」

「心得ましてございまする」

屋敷奉行は若干苦い顔をした。

(薪と米はもちろんじゃが、飯炊きの下女も増やさねばならぬ。なんにしても、物入りなことだ)

新二郎が常識はずれの大食いであることを知っていたのである。

四

八巻の屋敷で鱈腹《たらふく》食ったばかりなのに、江戸屋敷の台所飯まで平らげて、十分に英気を養った新二郎は、その足で山方巨叶斎の道場へと向かった。

「兄の仇討ち免状を賜りました!」

道場の板敷きで正座して、元気一杯、巨叶斎に報告した。

その後で、昨夜の顚末と、今朝方の、八巻屋敷での出来事を語った。

「ううむ……、左様であったか……むむ」

山方巨叶斎が唸っている。

「拙者、とんでもない思い違いをいたしておりました! 八巻殿はお心の広い、好人物かと思われます!」

なにしろ腹一杯飯を食わせてくれた。それだけで十分に高評価なのだ。

「偽者よりも先に、本物の八巻殿と邂逅し、斬ってかかっておったりしたら、どのようなことになっていたか。いやはや、今回ばかりは拙者、己の迂闊《うかつ》さに恥じ入るばかりでございます！」

巨吽斎も微妙な顔つきだ。「八巻の剣は殺人剣《せつにんけん》！」などと、堂々と言い放っただけに恥ずかしさも一入《ひとしお》である。この師と孫弟子、粗忽《そこつ》さだけは、似た者同士なのかも知れない。

「ま、それはそれとしてだ」

ゴホンと咳払いをしてから、巨吽斎は言った。

「偽者同心を見つけ出し、敵を取らねばならぬわけだな」

「はい！　仇討ち免状はこれに」

新二郎は自分の懐を片手で押さえた。

「ならば、その曲者の使った剣について、語ってみよ」

「はっ……」

「その者に打ち勝つ術《すべ》を考えねばならぬ。一度はその方と引き分けたのだ。よほどの工夫をせねば打ち勝つことは叶うまい。そなたはわしの孫弟子である。ここは一つ、わしも手を貸そうではないか」

「なんというご厚情！」

感激しやすい新二郎は、早くも両目を真っ赤にさせて、何度も老師を拝礼した。

「なるほど、居合を使うか……。その方が見て取った通り、居合ならば体軀に恵まれぬ者でも、剣の利を十分に得ることができよう」

新二郎は頷いた。

「その者は、軽い身体を跳躍させて、稲妻のように斬りかかって参りました」

「うむ」

巨叶斎が腰を上げた。驚いて見守る新二郎の目の前で、ツカツカと壁の刀掛けに歩み寄り、一本の木剣を摑み取って戻ってきた。新二郎に向き直る。

「わしがその曲者の剣を真似てみよう」

「見立て稽古にございまするな！」

新二郎は歓喜の表情を浮かべた。まさか、こんな形で宗家に稽古をつけてもらうことができようとは。

（これも、泉下の兄上の助け！）

勇躍立ち上がると、道場の隅に寄って襷掛けをし、袴の股立を高く取り、壁の木剣を一本、手に取った。

道場の真ん中に戻る。巨叶斎は襷も掛けず、袴もそのままで立っていた。枯れ木のように痩せた姿だが、これが樹木であったなら両足は大地に深く根付いたかのよう。いかなる強風に晒《さら》されようとも、小揺るぎもしないであろうと思われた。

新二郎は巨叶斎の正面に立って、深々と一礼した。

「お願いします！」

巨叶斎は軽く顎を引いて頷いた。

「昨夜の通りにしてみせよ」

「はっ」

新二郎は昨夜と同じ間合いを取ってから、両腕で大上段に構えた。

「うむ。雷雲の構えだな。して、そなたの構えを見て曲者はどうした」

「はい。拙者の兄も同じ構えを取った。そして斬った――と、悪罵《あくば》を吐きつけて参りました」

「うむ。居合か……」

巨叶斎は居合の構えで腰を沈め、新二郎を睨み上げてきた。

「さぁ新二郎よ、このわしの構えをどう崩す」

「ハッ……！」

稽古とはいえ、巨叶斎を倒すつもりで攻めかからねばならない。

新二郎はジリッと前に踏み出した。巨叶斎は動かない。新二郎が居合の間合いに踏み込んでくるのを待っている。さすがに流派の宗家だ。居合の構えは、あの偽同心よりも遥かに恐ろしく感じられた。

思わず気後れし、冷汗を滲ませた新二郎を見て、巨叶斎が叱咤《しった》した。

「このわしを兄の敵と思え！　わしの姿に、敵の姿を想起するのだ！」

新二郎はゴクリと喉を鳴らした。

（大先生に、あの偽同心の姿を重ねるのか……）

昨夜目にした敵の姿を思い出す。そして目の前に思い浮かべようとした。

（なにやら、幼げな、可憐な顔だちであったな……）

モヤモヤとした面相が目の前に浮かび上がってきた。

（そうだ。愛らしさすら感じさせる顔だちだった……）

もっとよく思い浮かべようとしたその時、新二郎は「ウッ」と唸って動揺した。

（美鈴殿……！）

なんと、目の前に美鈴の顔が浮かび上がってしまったのだ。と同時に、柔らかな乳房の感触まで、手のひらに蘇《よみがえ》ってきた。

（い、いかん！）

新二郎は慌てて木剣を握り直した。その瞬間、

「トワッ！」

巨叶斎が懐に飛び込んできた。新二郎の腹を打った。

もちろん名人上手の剣捌きである。孫弟子に怪我を負わせるような真似はしない。木剣で脇腹を擦っただけだが、新二郎は確かに斬られたと感じた。

「馬鹿者！　手の内がなっておらぬ！」

手の内とは、この流派で、刀の握りのことを言う。

「そのように力を込めては、満足に刀を使うことは叶わぬぞ！」

そのような教えは、剣を学び始めてすぐに言い聞かされることである。新二郎も会得をしていたはずだ。しかし、美鈴を思い浮かべてしまった瞬間に、指がな

んだか奇怪《あや》しくなった。新二郎自身、（こんな馬鹿な）という思いであった。

「もう一度だ！」

あまりに無様な弟子の姿に立腹したのか、巨叶斎は声を荒らげて、再度の立ち合いを命じてきた。新二郎はまたも大きく上段に構えた。

（いかんいかん、あの偽同心のことだけを考えるのだ！）

冷汗を流しながら己に言い聞かせる。

巨叶斎はまたも居合腰に構えた。白髪を振り乱した姿はまさに剣の鬼。ところが、やっぱり脳裏に浮かぶのは、美鈴の面差しなのである。白髪を振り乱した巨叶斎の顔に美鈴の美貌が重なった。

（ああ、美鈴殿……）

瞬間、巨叶斎の木剣が襲いかかってきた。新二郎は受けもかわしもできずにまともに一撃を食らう。美鈴に打たれた心地がして、新二郎はほとんど恍惚《こうこつ》としながら昏倒《こんとう》した。板敷きにドーンと音を響かせて、大の字に転がった。

「何をいたしておるかッ」

巨叶斎のお叱りが飛んだ。

「そのようなことで、兄の敵が討てると思うかッ」

新二郎はハッとなった。

（そ、そうであった……）

美鈴の姿を思い浮かべてうっとりしている場合ではない。新二郎は急いで立ち上がった。

「今一度、お願い申し上げます！」

木剣を構え直したのだが、なにもかもが奇怪しい。足も、腰も、剣を構える腕も、てんでバラバラの無様な姿だ。

「あれ？　あれ？」

などと呟《つぶや》き動揺しているうちに、何度も巨叶斎に打ちのめされた。

ついに新二郎は、立ち上がることすらできなくなった。巨叶斎が冷たい目で新二郎を見おろした。

「座れ」

立ち上がることはできないだろうと見て取って、せめて板敷きに座るように命じる。新二郎はようやく上体を起こして、板敷きの上で畏《かしこ》まった。

「その方、初めてわしの目前に現われた時には、剣の要諦を身につけた姿に思えたのだが、今日はまるっきり、なっておらぬな」

「……はい」

新二郎も自覚している。国許の道場で学んだことが何もできない。自分の身体が自分の思った通りに動いてくれないのだ。

感情過多の新二郎は、口惜しさの余り、涙を漏らしそうになり、大きな肩を震わせた。

その様子を巨叶斎が静かに見つめている。

「兄を殺され、心を乱しておることはわかる。敵を討たんと焦る気持ちも、わからぬでもない。しかし、今のそのザマで敵と向かい合ったなら、そなたは必ずや、返り討ちに遭《あ》おうぞ」

「返り討ち……」

情けなさに居たたまれず、新二郎は大きな拳で目を擦った。

「まずは心を鎮めることが先決じゃ。今のそなたは、剣を学ぶことのできる心構えではない！」

「心を、鎮める……？」

新二郎は巨叶斎の顔を見上げた。

「それは、どのようにすれば良いのでしょう」

「知らぬ。弟子に剣を教えることはできるが、それには弟子が、剣を学ぼうとする心構えになっておらねばならぬ。今のそなたは剣を学ぶ心となっておらぬ」

それは新二郎も自覚している。巨吽斎の叱責《しっせき》が新二郎の心を刺した。

「馬を水飲み場に引いていくことはできる。しかし、水を飲むかどうかは馬が決めることだ。馬のような動物だとて思うようにはならぬのだ。ましてそなたは人！　人の心をどうこうできる師はこの世のどこにもおらぬ！　今のお前にものを教えることは、釈尊にも、できかねることであろうよ！」

冷徹に言い放つと、巨吽斎は奥の座敷へと去った。新二郎は黙って平伏し、涙ながらに老師の背中を見送るしかなかった。

（拙者は、どうすればいいのだ……）

新二郎は肩を落としてトボトボと道を辿《たど》った。

こうして道を歩いていても、小姓姿の者を見かけるたびに、もしや美鈴殿ではないか、などと鼓動を昂《たかぶ》らせ、その顔を覗きこんでしまう。空を見上げれば雲の形が美鈴の姿に見えてしまう。荷を乗せた馬を見れば、馬の艶やかな肌が美鈴の肌を連想させた。

「うおおおおッッ！　わしはいったい何を考えておるのだ！」

　両手を握って自分の頭に拳骨を何発も食らわせる。通り掛かった者たちがびっくり仰天して、急いで道を避《さ》けていった。

　屋敷に戻れば、一転して愛想良くなった藩士たちが取り囲んできて、

「聞いたぞ！　仇討ち免状が出たそうじゃな！」

「敵討ちは武士の誉！　このような話、滅多にあるものではない！」

「そなたが見事、兄上の敵を討ち取れば、盛垣家は江戸中の評判となろう！　我らも鼻が高いと申すものじゃ！」

　などと無責任に声をかけてきた。

　新二郎は返事をする気力もない。

　藩士たちは勝手に思いを巡らせて、

「今は兄上の敵を討つという一事で胸がいっぱいと見える」

「おう、心を乱してはならぬな。士道専一、これが何よりだ！」

　勝手に言い交わすと、雑談を交わしながら去っていった。

「……飯でも食うか」

　そろそろ夕刻だ。新二郎は台所に向かい、板敷きに座った。昨日までは汚い物

でも見るような目を向けてきた下女たちが、急いで丼に山盛りの飯をよそって差し出してきた。味噌汁と焼き魚まで添えられている。三万石の貧乏藩士としては破格の御馳走であった。

新二郎は箸を手にして、飯を口に運ぼうとしたのであるが、

「……はぁ～っ」

口を開くと同時に出てきたのは溜息だった。

（飯も、食いたくない……）

こうしていても、美鈴のことが気にかかる。

しかもである。新二郎の悩みは深い。

剣がまともに振るえない。剣術しか取り柄のない新二郎にとっては、己の存在そのものを否定されたに等しい。憧れの巨叶斎に稽古をつけてもらえたのに、巨叶斎を失望させ、怒らせてしまった。

（新田先生のご面目まで潰してしまったぞ……）

巨叶斎は、新田が腑抜けた稽古をつけている、と誤解したかも知れない。

新二郎はますます大きな溜息を漏らした。

（ああ、美鈴殿……拙者は駄目な男だ）

新二郎はどんぐり眼《まなこ》をきつくつぶって、大きな顔を左右に振った。

五

「いたずら者はおらんかね～。石見《いわみ》銀山、鼠《ねずみ》取り～」

夕刻前、三治は声を上げながら、八丁堀の通りに踏み込んだ。

（八巻の野郎め、いったいどうしておるかな）

蟄居《ちっきょ》が解かれたことはわかっている。その後も三治は万里五郎助を唆《そそのか》して、侍殺しを敢行した。もちろん八巻の仕業に見えるように装ってのことだ。

（そろそろ二度目の蟄居を命じられる頃合いじゃねぇのか）

それを期待して、八巻の屋敷の前まで足を運んできたのである。

（蟄居を命じられた家は、門や扉を封じられ、雨戸には外から釘が打たれるって、天満屋の元締が仰《おっしゃ》っていたな）

誰の目にも蟄居の事実がわかるように、これ見よがしの仕打ちを屋敷全体に受けるのだという。恥を掻かされるのも処罰のうちなのだ。

「ええ～、石見銀山～」

三治は、物売りに化けているにもかかわらず声をひそめて、忍び足で、八巻の屋敷の前を通った。横目で生け垣の向こうを覗きこんだ。

（どうやら、罰を受けてる様子はねぇぞ）

落胆しながら通りすぎようとしたその時であった。

「あっ」

生け垣の扉が押し開けられて、尻端折《しりはしょ》りをした厳《いか》めしい面構えの俠客が外に出てきた。

（荒海ノ三右衛門だ！）

三治は急いで顔を伏せて、頭の笠を傾け、面相を隠した。

「御免なすって」

挨拶の声をかけたのは、顔を伏せたことを不自然に思わせないためである。面相を隠したのではなく、一礼したのだと相手に思わせるためであった。

三治はそのまま三右衛門の脇を通りすぎようとした。その時。

「おい、ちょっと待ちなぃ」

三右衛門に声をかけられた。破《や》れ鐘のような、ドスの利いた声音であった。

三治は激しく動揺しながらも、鼠取り売りの芝居を続けた。

「へい。ご所望でございますか。毎度あり」

肩から下げた箱の蓋を開けようとすると、三右衛門は「そうじゃねぇ」と言った。

「お前《め》ェ、どっかで見たツラだな」

「へ、へい……」

鋭い眼光を向けられて、三治は背筋に汗をかきながら答えた。

「この辺りには、何度も売り歩きに参りやしたから、どっかでお目にかかっているかも知れやせん」

「そうかい」

三右衛門は険しい顔で睨んでいたが、やがて、

「行っていいぜ」

と、言った。

三治は、「へい、御免なすって」と挨拶して、踵《きびす》を返した。

（やべぇ、やべぇ）

走って逃げたいところを堪《こら》えて、売り声を上げながらゆったりと歩を進める。

（しかし、どこで見られたっていうんだ）

記憶をたどるが思い当たることがない。

角を曲がって三右衛門の視線から逃れる。しばらく進んでから恐る恐る振り返ったが、三右衛門の姿は見えなかった。どうやら尾行はされていないようだ、と安堵《あんど》した。

それでも何度も後ろを振り返りながら八丁堀界隈を抜けた。わざと永代橋《えいたいばし》を渡り、しかも橋の真ん中で一休みをするふりをして、煙管など咥《くわ》えてみた。

橋の真ん中はたもとよりずいぶんと高く造られている。見晴らしも良い。橋の真ん中で景色を眺める閑人《ひまじん》や田舎者は多い。三治は夕方の景色を眺めているふりをして、ある意味堂々と、視線をあちこちに向けた。しかしやはり、三右衛門の姿は見あたらなかった。

（ようし、もういいだろ）

三治は煙管をしまって歩きだした。

鼠取り売りの道具や幟《のぼり》は、鼠取り売りの元締の家に返した。三治は実際には、天満屋の密偵として働いているわけで、まともに売り歩いていないわけだから、売り上げは少ない。

しかし銭は天満屋が与えてくれる。鼠取りの毒を入れた袋は、売れたことにして、三筋町の仕舞屋《しもたや》に置いていく。いつもそこそこに売り上げを出すので、鼠取り売りの元締は満足そうに手間賃を払ってくれた。

悪党が町人に混じって生きる際には、悪党だと露顕しないように気を配らなければならない。三治はこざっぱりとした縞の着流しに着替えると、三筋町の仕舞屋に向かった。なるべく近所の者に見られないように宵闇が濃くなってから表戸を叩いて、中に入れてもらった。

「天満屋の元締が来ていなさるぜ」

三治を見るなり、滝蔵がそう言った。

「えっ、元締が」

三治は思わず着物の襟を直した。滝蔵はクイッと顎をしゃくった。

「奥の座敷だ。挨拶しに行きねぇ」

三治は早くも腰を屈めた姿で仕舞屋に上がると、奥の座敷へと足を向けた。

「元締、三治でごぜぇやす」

廊下に跪《ひざまず》いて低頭する。顔を上げると、座敷の奥に鎮座した天満屋の姿が見えた。

（どうやらご機嫌斜めのご様子だな）と三治は見て取った。

八巻を陥れる策が上手く行かない。おまけに同じ座敷には万里がいる。万里という若侍は、どうにも人の心をいらだたせる。天満屋も快くは思っていない様子だ。

天満屋は鮫革《さめがわ》の莨《たばこ》入れから煙管を取り出して、一服つけた。

「まぁ、お入り」

チラリと三治に目を向ける。三治は「へい」と答えて、座敷の中に入った。

「八巻の屋敷の様子はどうだった」

天満屋に問われて、三治は困り顔で答えた。

「さっぱり効き目はねぇ様子でさぁ。屋敷を封じられた様子もねぇんで」

「そうかね」

天満屋は紫煙をフーッと長く吐いた。

「八巻には老中という後ろ楯があるらしい。それに江戸一番の札差の、三国屋が八巻を頼りにしているようだね」

「へい。三国屋の放蕩《ほうとう》息子が拐《かどわ》かされそうになったところを、八巻に助けられたらしいんで。それ以来、三国屋は八巻を下にも置かねぇって話ですぜ」

「老中の権威と、三国屋の金が動いて、八巻を助けているようだな。フン、面白い世の中だねぇ。こちらの万里先生に斬られた侍たちの家も、金と権威に押さえつけられて、泣き寝入りをしちまうっていうんだから」

三治は、恐る恐る訊ねた。

「それで、これからオイラたちはどうすればいいんで」

天満屋はジロリと三治を見た。

「どうする、とは？　何が言いたいんだい」

「へい……。ですから、これからどうやって八巻を追い込めばいいのかと」

「知れたことさ」

天満屋は万里に視線を向けた。

「これからも八巻の姿で人を斬りまくっていただくのさ」

三治は首を傾げた。

「効き目がねぇことが知れたばかりですぜ」

天満屋は煙管の灰を灰吹きに落とした。

「切腹に追い込むことができなくとも、八巻に嫌疑がかかればそれでいい」

「と、仰いますと？」

「八巻の身になって考えてみろ。己が侍殺しの下手人ではないことを証《あかし》立てる

ために は、どうすればいい？」

「どうすりゃあいいんで？」

「夜の見廻りを控えなくちゃならないだろうよ。いつも屋敷にいて、自分がどこにも出歩いていないことを、同心仲間に知らしめておかねばならなくなる」

「へい。さいですね」

「つまりそれは、八巻を押し込めにしたも同然だということだよ」

「あっ」

「蟄居にならずとも、八巻はどこにも出られない。千里眼の持ち主との評判を取る八巻だが、まさかに、本物の神通力の持ち主ではあるまい。屋敷に閉じ込められていたら何もできまい。悪党どもは好き勝手に振る舞える、ということさ」

「なぁるほど！」

三治は膝を打って感心した。

「流石《さすが》は天満屋の元締だ。転んでも只じゃあ起きねぇとはこのことですぜ！」

三治としては精一杯に褒めたつもりだが、天満屋は不快そうな顔をした。最初の策が失敗したことを指摘されたも同然だからだ。

天満屋は万里に顔を向けた。

「そういうことでしてね。先生にはあと少しばかり、働いていただきますよ」

万里は心ここにあらずという顔つきで「うん」と一声、頷いた。

天満屋は腰を上げて、三治を見おろした。

「盗人たちの手配は今、滝蔵がやっている。押し込みの際にはお前も一党に加わってもらうよ」

「合点でさぁ。腕が鳴りやす」

「その時までせいぜい、八巻を貶《おとし》め、八巻に人殺しの疑いがかかるように謀っておくれ。間違っても捕まるんじゃないよ。偽八巻の正体が露顕したら、この策はお終いだ」

「へい。お任せくだせえ」

三治は畳に手を突いて低頭した。天満屋は座敷から出て行った。

「さぁ、行きやしょうぜ、万里の旦那」

夜も更けた。万里を巻羽織姿に着替えさせ、三治は表道に出た。

すると、いつもは仕方なさそうに出てくる万里が、三治の目の前を通りすぎてスタスタと歩み始めたではないか。

三治は慌てた。

「ちょっ、旦那！　どこへ行かれるおつもりですかぇ」

万里は振り返りもせずに答えた。

「吉原」

三治は我が耳を疑い、ますます慌てた。

「それだけは待っておくんなせぇ！」

万里の前に回り込んで、押しとどめる。

「吉原の辺りだけは、いけやせんぜ！」

万里は険悪な目つきを隠そうともせず、三治を睨みつけてきた。

「どうして邪魔をするの」

「どうしてって……、この前の夜のことを覚えておいででしょうに。旦那を敵と狙う侍が、待ち構えていやがるんですぜ」

万里は可憐な顔を上向かせて夜空を睨んだ。

「そいつとの決着をつけに行くのさ」

不貞腐《ふてくさ》れた顔つきで三治を睨んだ。

「まさか、この万里五郎助が負けるとでも思ってるの？」

「いや、そんなこたぁねぇですが――」

迂闊に怒らせて、斬られたりしたらたまらない。

「だけど旦那！　あの場には荒海一家も駆けつけて来やがりやしたでしょう。荒海一家は八巻の手下だ。八巻の潔白を証明するために、本物の下手人――つまり万里の旦那を、とっ捕まえようと出張っているのにちげぇねぇ！　荒海の連中まで待ち構えているとなりゃあ話は別だ。こいつはあまりにも剣呑《けんのん》ですぜ」

万里はますます不貞腐れた顔つきとなった。三治は恐る恐る訊ねた。

「そんなに、あの敵持ちと斬り合いたいんですかい……？」

「斬り合いたい」

「困りやしたなぁ」

三治は思案してから、答えた。

「それじゃあ、あの野郎がどこの何者なのか、どこに住んでいるのか、あっしが調べをつけて参りやすよ。旦那が斬り殺した侍の……、ええと、弟だって言ってやしたよね？　そんなら、すぐにも調べがつきやしょう」

確かに名乗りを上げたはずだが、どこの家中の誰の弟だったのか、三治は良く覚えていない。三治にとってみれば、どうでも良い話だったからだ。

三治は万里に訊ねた。

「どこの、なんて野郎でしたっけ？」

万里はぶっきらぼうに答えた。

「忘れた」

三治は心の中で舌打ちした。

「そうまでして決着をつけたい相手なのに、名前も覚えちゃいねぇんですかい」

「だって、あの場で斬り捨てるつもりだったからさ。……まさか、あれほどの遣い手だとは思わなかった」

投げ棄てるゴミに執着する人間がいないのと同じで、斬り捨てる相手にはまったく関心を持たないようだ。

三治はいい加減、この侍の世話をしているのが嫌になってきた。

「それじゃあ、明日から調べ始めますから、今夜のところはご機嫌を直して、侍殺しに精を出してくだせぇましよ」

「きっとだよ？　ちゃんと調べてきておくれよ」

「へいへい。任せてやっておくんなせぇ。ですから旦那は人斬りのほうを……」

万里は、渋々といった顔つきで頷いた。三治は提灯《ちょうちん》をかざした。

「今夜は牛込のほうに行ってみやしょう。あの辺りにも武家屋敷がたくさんありやす」

「遠いの？」

「他にも旦那を敵と狙うサンピンが出てくるかもわかりやせんから。さぁさぁ」

外出を嫌がる子供を騙すのと同じ物言いをして、三治は万里を促した。

万里は渋々と歩き始めた。

第五章　無明の迷い

一

新二郎は悶々《もんもん》としながら八丁堀の通りを、行ったり来たりし続けた。

（この大事な時に、拙者は何をしておるのだ）

己の愚かしさ、情けなさに憂悶《ゆうもん》するばかりであるが、これればかりは、自分でも如何《いかん》ともし難い。

そもそもなにゆえ八丁堀などに足を向けてしまったのかがわからない。

（否、わかっている。美鈴殿だ……）

一目でいい。美鈴殿に会いたい。美鈴殿の顔が見たい。

思い悩んで、ふと気がつくと、八丁堀に立っている。美鈴がいまにも扉を開けて出てくるのではないかと期待しながら、八巻屋敷の前で行ったり来たりを繰り返し、あるいは物陰から、こっそりと扉に目を向けたりするのだ。

そして突然、ハッと我に返る。

「こんなことではいかん！」

憤怒の形相で立ち上がり、土埃《つちぼこり》を巻き上げて大川端に突進し、川原に駆け下りて、転がっていた流木などを拾い上げ、木剣に見立てると、

「えいおう、えいおう」と振り回した。

しかし稽古に集中できるはずもない。すぐに頭の中は美鈴への想いでいっぱいになる。まさに、心ここにあらずといった状態だ。

新二郎は流木を投げ棄てた。

「まるで駄目だ！　拙者は駄目になってしまった！」

土手の草むらで大の字に寝転がった。空を見上げて大きな溜息を吐き出した。

（拙者は、どうなってしまうのだろう）

屋敷の者たちは皆、新二郎の敵《かたき》討ちの話で持ちきりだ。こぞって激励の言葉をかけてくる。皆、新二郎が見事に敵に打ち勝つものと信じている。

それはそうだろうと新二郎も思う。かつての自分は、国許で並ぶ者のなき豪傑

だった。自他ともにそう認めていたのだ。

（しかし、今の拙者は、ただの腑抜けだ！）

山方巨叶斎に指摘されるまでもない。今の状態で兄を殺した仇敵《きゅうてき》と邂逅《かいこう》したら、成す術《すべ》もなく斬り殺されてしまうに違いない。

「どうすればいいのだ」

新二郎は土手の草むらの上を、あっちにゴロゴロ、こっちにゴロゴロと転がった。

土手の頂には小道があった。町人二人が軽薄に言い交わしながら通りかかった。

「おい、聞いたか。またお侍が闇討ちにされたらしいぜ。オイラの棟梁《とうりょう》が請け負っているお屋敷での話だからな、間違いねぇぞ」

町人二人のうち、一人は職人風の格好で、もう一人は遊び人風の姿だ。

「棟梁がいつもみてぇにお屋敷に入ったらよ、その日に限って、ずいぶんと物々しかったって言うんだ」

武家屋敷には、庭や屋根など、常に職人が手を入れていないと不具合の出る箇所がいくつもある。職人たちは定期的に得意先の屋敷を回って歩く。

「大きな声じゃあ言えねぇけどよ、そのお屋敷に仕えていなさる勤番のお侍が、夜中に腕を斬られて戻って来たっていうんだぜ」

「そりゃあ本当の話か」

「ああ。台所の下女から棟梁が聞き出したんだから間違いねぇよ」

「ずいぶんと詮索《せんさく》好きな棟梁だな。それにそんな大事《でえじ》を、手前《てめ》ぇなんかに吹きまくるとは、ちっとばかし口が軽すぎるぜ。信用できんのか、その棟梁」

「馬鹿を言え！　お侍《さむれ》ぇのお屋敷に出入りする職人は、その屋敷で何が起こってるのかを知っていなくちゃ命に関わるんだよ！　抜刀騒ぎの巻き添えなんかを食らっちまったらどうする」

「ああ、そうか」

「手前ェだって中間《ちゅうげん》部屋の博打場に出入りしてるじゃねぇか。だからこうして報《しら》せてやったんだよ」

するとと遊び人が、いっそう声をひそめた。

「南町の八巻様の仕業だっていう噂が流れているぜ」

「ああ、俺も聞いたよ」

「どうなっちまったのかなぁ、八巻様。辻斬り退治をなさっていた頃までは、頼りになる同心様だったんだけどなぁ」

「講談なんかではよ、人を斬ってばかりいると、だんだんと血に飢えてくる、なぁんて、言うよな」

「辻斬り退治をしているうちに、人を殺せるもんなら誰でも良くなっちまったってことかよ。おっかねぇ」

土手に武士が転がっているとも気づかぬ二人は、無責任に語り合いながら通りすぎていった。

新二郎は大きな息を吐き出した。

「彼奴《きゃつ》め。まだ凶刃を振るうか」

それにしても、町人たちが八巻の仕業だと勘違いしているのが困りものだ。

（この件、八巻殿の耳にも入れておいた方が良いかもしれぬな）

などと考えたところで「おおっ！」と叫んで飛び起きた。

「そうじゃ！　報せに行かねばならぬ！　うむ！」

八巻屋敷を訪問する良い口実ができたとばかりに新二郎は、八丁堀を目指して走り出した。

その日の卯之吉は非番であった。新二郎はすぐに座敷に通されて、卯之吉と面会することができた。

卯之吉が入ってきてシャナリと座る。歌舞伎役者を思わせる艶冶《えんや》な所作だ。新二郎のような粗忽者《そこつもの》はこの所作を見て、「ムムッ、常人ならざる身のこなし! これぞ剣豪に違いなし!」などと勘違いするのであるが、今の新二郎はそれどころではない。襖の向こうの台所にばかり意識を向けている。

しかし台所には美鈴の気配はなかった。訪《おとな》いを入れた時に出てきたのも、銀八という小者であった。

その銀八が茶を淹《い》れて持って来た。新二郎の膝の前に置く。新二郎は露骨に落胆した。

銀八はそのまま、座敷の隅に控えて座った。

新二郎は畳の上に正座しながらも、そわそわと落ち着きがない。卯之吉は不思議そうに訊ねた。

「どうなさいましたえ?」

「えっ……」

新二郎は我に返って卯之吉に目を向けた。卯之吉は口許に優美な笑みを含んで、新二郎を見つめている。

「あっ、いや、その……みっ、美鈴殿は」

思わず口に出してしまい、新二郎は顔を真っ赤に染めた。

「おやおや」と銀八が呟《つぶや》く。しかし卯之吉は何も気づかぬ様子だ。

「美鈴様でしたら、外にお使いに出ていらっしゃいますよ」

「左様で……。留守か……」

「美鈴様に会いに来られたのですか」

「えっ」

「そうなのでしたら、美鈴様に、吉永様がお見えになったと伝えておきます」

「あいや、待たれい！」

新二郎は片手を伸ばして制した。

「そっ、そのようなお気遣いはご無用のこと！　拙者は、八巻殿に大事な話があって参ったのでござる！」

新二郎は、先ほど土手で見聞きした話を喋った。

「町人どもは、いまだに八巻殿が人を斬って回っておるものと信じておる様子でござるぞ！　これは、なおざりにはできぬことかと存じまする」

「ははぁ……」

卯之吉は呑気《のんき》な顔つきで思案をしている。

「それがねぇ。南町の偉い御方たちがねぇ……」

「御重役が、なんと？」

「偽同心が徘徊《はいかい》している――などという話は、南北町奉行所の体面にも関わりが出てくる話でしてね。万が一にも取り逃がしたりしたら、世間様のいい笑い物になると案じておられるのですよ」

もちろん、そんな些細《ささい》なことを気に病んでいるのは沢田彦太郎だ。

「お奉行所では、内密に調べを進めて、その偽同心を捕らえるか、あるいは、あなた様のような敵持ちの皆様が討ち取ってくださるのを待ってから、世間に報せようとしているのです」

「しかし、それでは八巻殿に被せられた汚名が晴れぬと存ずるが」

「成り済ましがとっくにバレてると知れれば、曲者《くせもの》は逃げてしまうかもしれないでしょう？　逃げられてしまったら元も子もないとお考えなのでしょうね」

「な、なるほど……」

新二郎は、不得要領の顔つきで座っている。

卯之吉は小首を傾《かし》げながら訊ねた。

「兄上様の敵を、探しに行かれないのですかえ」

「えっ……」

「こんな所でのんびりしている場合じゃございませんでしょうに」

そう言って、ほんのりと笑った。

「なにやら、よそ事をお考えのように見えますよ」

「うっ」

「なんぞ、お心に引っ掛かっていることでも、おありなのですか」

新二郎は唸った。

（さすがは江戸で五指に数えられると噂の剣客！　拙者の心の鎮《しず》まらぬことなど、とっくに見抜かれていたのだ！）

などと、得意の早合点で思い込んだ。

「い、いかにも拙者、思い悩んでおり申す。兄の敵を討たねばならぬというのに、心は千々《ちぢ》に乱れ、剣術修行にも身が入らず……」

「はあ。左様でしたか」

他人事《ひとごと》なので、卯之吉はまるっきりの他人事として、いい加減な返事をした。

「ま、そういう時は、誰にでもありますよ」

かつての卯之吉は暇を持て余した若旦那であったから、なにくれとなく芸事に励んだ。芸事には伸び盛りの時と伸び悩みの時とがある。座敷で披露する際にも、乗りに乗って上手くいく時と、どうにも心が乗らない時とがあった。

「諸事、習い事とはそういうものです」

芸事修行のつもりで、そんなふうに締めくくった。

ところがである。武芸もまた〝芸〟の一つであって、伸び盛りと伸び悩みとが交互にやってくることでは同じであったのだ。新二郎は名人上手の謦咳《けいがい》に接した心地となって、勝手に感動してしまった。

新二郎は両手を畳について、卯之吉に向かって言った。

「先生！　拙者はどうすれば、この悩み、苦しみから、逃れることができるのでしょうか！　いかにすれば以前のような静謐《せいひつ》な心持ちで、修行に励むことができるようになるのでしょうか」

ガバッと前に被るように低頭して、畳に額をこすりつけた。

「お教えくだされ！　どうか、お導きくだされ！」

身を震わせて、顔を起こそうともしない。卯之吉は困り顔で新二郎を見つめた。

「そう仰《おつしや》られましてもねぇ。たしかにあたしは、先生などと呼ばれることもあったりしますが、この手の治療は……」

卯之吉は自分のことを、当然ながら武芸の達人だとは思っていない。先生と呼ばれる時は、蘭方医としての腕を必要とされている時だ。

（こちらの御方は、気鬱《きうつ》の病を治してくれと仰ってるんですかね？）

などと勘違いをした。

すると、すかさず銀八が嘴《くちばし》を挟んできた。卯之吉の近くに寄ってきて、新二郎には聞こえぬ小声で囁《ささや》いた。

「若旦那、こちらのお侍様のご病気は、アレでげすよ」

そう言って、ニヤニヤと下品に笑っている。

卯之吉も小声で訊き返した。

「なんだえ銀八。お前、医工の見立てができるっていうのかい」

「嫌だなぁ若旦那。お医者じゃなくたってすぐに見立てがつきますでげす。こちらの旦那の病は、ほら、お医者様でも草津の湯でも～ってヤツでげすよ！」

「はぁ、なるほど」

曲がりなりにも銀八は幇間《ほうかん》だ。少なくとも卯之吉よりは、人の気持ちを読み取る能力があるらしい。

卯之吉は真面目な顔で首を傾げた。

「それなら、ますますあたしの手にはおえないねぇ」

すると銀八がこれ以上ないほどの呆《あき》れ顔をした。

「なーにを仰ってるんでげすか。これこそ若旦那にしか治せない病じゃあねぇですかえ」

「そうなのかい？　だけどねぇ。蘭方医学にも、恋の病を治す医術なんかありはしないよ」

「そうじゃねぇでげしょ。吉原でげすよ！」

銀八は腰を上げた。

これ以上説明しても卯之吉が飲みこんでくれるとは思えないと判断したのか、銀八は新二郎の手を取って立ち上がらせた。

「さぁ旦那。吉原に行くでげすよ！」

新二郎は太い眉毛を情けなさそうに歪めた。

「吉原だと？　あの偽同心との決着をつけるためか。今の拙者には、あの者に勝つだけの心構えが――」

「そうじゃねぇでげす。登楼するんでげすよ」

「登楼？」

「お代はあちらが持ってくださるから、心配いらないでげす。さぁ若旦那も。急ぎますでげすよ！」

卯之吉はますます不思議そうな顔をした。

「いつもあたしの遊びに苦言を呈しているお前のほうから遊興に誘うなんて、珍しい話もあったものだね」

とはいうものの、遊興そのものに否やはない。卯之吉はいそいそと立ち上がった。

「幸い、美鈴様に咎《とが》められることもないですしね」

「美鈴様が帰って来たらお屋敷は空っぽ。吉原から戻ったら怒られるでげすよ」

「叱られるのは銀八の役目だろう。今夜の遊興は銀八が誘ったのだから」

「そりゃあ、あんまりでげす」

新二郎が視線を左右に向けながら訊ねてきた。

「み、美鈴殿も、吉原に参られるのか」

「まさか。美鈴様は女人ですよ。吉原に行ってどうなさいます」

卯之吉は笑い、新二郎は落胆の表情を見せた。

二

「さぁさぁ、どんどんやっておくれな〜」

卯之吉が座敷の真ん中で踊り始めた。

吉原でも最大級の大見世、大黒屋《だいこくや》の座敷である。二十畳以上もある広間には、何十本もの百目《ひゃくめ》蠟燭《ろうそく》が灯されて、昼間を思わせるほどに明るく、金箔貼りの床ノ間や襖を照り輝かせていた。

座敷の真ん中には巨大な松の盆栽が置いてある。本日の主賓が武士、吉永新二郎であることから、卯之吉が気を利かせて運び込ませた物だ。常緑樹の松は武家の繁栄の象徴でもあった。

しかもその大きさは並外れている。幹の頭が天井を突き破ってしまいそうだ。一番長い枝は、座敷に納まりきらずに開けられた窓から外へ伸びていた。

盆栽の鉢の周囲には、台ノ物と呼ばれる料理がいくつも並べられていた。やたらと派手に大きく盛りつけられた飾り料理で、様々な食材を尽くして孔雀《くじゃく》や仙郷、大きな館などが形作られていた。

そしてさらにその周りでは、美しく着飾った女人たちが舞い踊っている。壁際に並んだ囃《はや》し方が、一際気を入れて、派手な曲目を演奏していた。

一番上座の屏風《びょうぶ》の前に、新二郎が居心地悪そうに座っている。その横に侍るのは花鶴《はなつる》という名の遊女である。卯之吉の敵娼《あいかた》、菊野太夫《きくのだゆう》の妹分で、最近座敷持ちになったばかりだ。卯之吉の依頼を受けた菊野太夫が斡旋《あっせん》してくれたのである。

新二郎は突然に始まったきらびやかな宴を目の前にして、どう対処したらいいのかもわからず、どんぐり眼《まなこ》を見開いて、「うっ」とか「むむっ」などと唸っている。まるで戦場《いくさば》に乗り込んできた若武者みたいな顔つきで、全身を緊張感にこわばらせていた。

吉原に初登楼した野暮天が自分を見失ってしまうのは、むしろ当然のことである。すかさず助け船を出して、楽しく遊んでいただけるようにするのが、幇間の役目であった。銀八は新二郎の前に膝行《しっこう》し、手に盃を持たせた。

「まずはキューッと、ご一献。お姐《ねえ》さん方、お願いしますよ」

花鶴が銚釐《ちろり》の口を向けてきて、鼠尾鼠尾《そびそび》と下り物の菊酒を注いだ。

「うっ、あっ、済まぬ」

新二郎は、からくり人形のようなぎこちない手つきで盃を飲み干した。

陸前の山間部の、たった三万石の貧乏大名の領地で育った男が、生まれて初めて下り酒の、それも卯之吉好みの銘酒を口にしたのだ。だが、今の新二郎は舌も鼻も麻痺していた。自分が何を口にしたのかも、じつは良く理解できていない。その間も卯之吉は、粋なのか気色悪いのか判断に困るクネクネとした腰つきで踊っている。新二郎は銀八に訊ねた。

「あ、あれは……いったい……」

髷《まげ》は町人風だし、着ている物も、町方役人とは思えぬ華美で豪奢《ごうしゃ》な装束だ。金糸銀糸の刺繍《ししゅう》に縫い箔までつけた、みるからに金がかかっていそうな姿なのである。

しかも、そんな姿を吉原の者たちは、当然のこととして受け入れている。

「江戸という所は、さっぱりわからぬ……」

地方の城下町にも当然ながら町奉行という役職はあって、下級の役人たちが働いている。それら役人たちからはかけ離れた姿がそこにあった。

「これが江戸か。江戸の役人なのか……」

それとも、江戸で五指に数えられる剣豪であるが故なのか。大名屋敷に出入り

が許されるほどの名士であるから、このような贅沢《ぜいたく》が許されるのか――などと考えてみたものの、

「それーっ！　飲めや歌えや！」

阿呆《あほう》ヅラを晒《さら》してクルクルと舞う姿は、とてものこと剣豪のそれとは思えない。

「わからぬ……。さっぱりわからぬ……」

新二郎は両手で頭を抱えた。

そんな新二郎の姿を、花鶴と禿《かむろ》たちが困り顔で見ている。

卯之吉という男を計りかねているという点では、吉原の者たちも同様であった。いきなりこんな田舎侍を連れてきて主賓に据えた。吉原者たちの常識に照らし合わせても、ありうる話ではない。

しかし、卯之吉の常識外れはいつものことなので、（これもいつもの酔狂なのであろう）と花鶴たちは考えた。

花鶴は新二郎の盃に酒を注いだ。

「卯之吉旦那は、大きな大きなお人でありんす。海のように広いお心は、あちきのような者たちには、ようよう計り知れませぬぞえ」

「うむ。海のように大きな男か」

大海の水を納めることができる器はこの世に存在しておらず、計ることのできる尺度もない。

「そしてまた、水の形は無形である」

あらゆる型に収まるが、それでいて決して型には嵌《は》まらない。

「それが剣聖というものなのか」

新二郎は勝手に考えを巡らせて、卯之吉の踊りを凝視したりもした。

花鶴たち、座敷に侍った女たちは、このお侍様、いったい何を言ってるんだろうね？　という顔つきで、不思議そうに新二郎を見つめた。


酒が進んで酔いが回ると、新二郎の緊張も次第に解けてきた。と同時に、野放図な本性がさらけ出され始めた。

「おっ、すまぬ」

次々と注がれる菊酒を飲み干して、顔を真っ赤に染めている。

酔えば途端に図々しくなるのが酒飲みだ。小さな盃でいちいち注《さ》されながら飲んでいるのが面倒臭くなってきた。

「もっともっと、大きな器を所望」

などと要求する。廓の仕来りも知らぬ田舎者であるうえに、その田舎でも、破天荒な不作法者で知られた新二郎だ。もはやなんの遠慮もない。

銀八は自分の額をピシャリと叩いた。

「あれ、また面倒な酔っぱらいを招いてしまったようでげす」

宴席の先行きが思いやられる。

「それなら、こちらではどうです」

卯之吉は、朱塗りの大盃を持ってくるように命じ、それを新二郎に持たせようとした。

「おお、これは見事な盃！」

一升は入りそうな大きさで、しかも朱漆が丹念にかけられている。覗《のぞ》きこめば自分の顔が映るほどの名品であった。

陸前は漆器の産地でもある。野暮天の新二郎も、漆器の出来の善し悪しぐらいはわかる。

「拙者、このような立派な盃では飲めぬ！　これは殿様がお使いになる器じゃ！　拙者のような軽輩がこんな立派な盃で飲んだりしたら、腹が裂けてしまうわい」

代わりに近くにあった空の丼に手を伸ばした。大きな皿から料理を分け取るために使われる物だ。

「これでいい。拙者には丼酒が丁度似合いだ」

豪快に笑って銚釐を手にし、手酌で丼に酒をたっぷり注ぎ入れると、一気に呷《あお》って、喉をゴクゴクと鳴らし始めた。

卯之吉は面白そうに見ているが、銀八は気が気ではない。

「あの……、新二郎旦那、その器は……」

新二郎の目には、ただの丼にしか見えなかったのであろうが、それは古伊万里の逸品で、一鉢が数百両もする名宝だ。朱塗りの大盃などとは比べ物にならない。実に数十倍もの値が張る。卯之吉の座敷だからこそ出てきた宝器であったのだ。

新二郎は国宝級の丼酒を一気に飲み干すと、「カハーッ」と息を吐き、そして丼をドンッと置いた。

「ひゃあっ」

銀八が正座したまま飛び上がった。

「さて、そろそろ宴もお開きの刻限だねえ」

夜も更けて、時ノ鐘の音を聞きながら、卯之吉が言った。

新二郎は国許の唄なのか、狼の遠吠えのような声で唸りながら踊っている。ほとんど泥酔寸前の状態だ。

「ところで銀八」

卯之吉は銀八を呼んだ。

「お前ね、これからあの御方を、どうするおつもりなんだい」

「へい」

「お前が、新二郎様のお悩みを晴らして差し上げる――なんて大見得を切るから、こうして吉原にお連れしたけどね、見たところ、いつものように酒宴を張っているだけじゃないか。これからどうやって、新二郎様のお悩みを晴らして差し上げるつもりなんだえ？」

「へい。万事お任せ」

銀八は花鶴の許に寄って、そっと耳打ちした。

「それじゃあ、あとは頼みましたでげすよ」

花鶴は心得顔で頷《うなず》くと、スックと立ち上がった。踊り疲れて畳の上にへたり込んだ新二郎の腕を取る。

「さぁ殿様。次の座敷に移りますぞぇ」

新二郎は花鶴に酔眼を向けた。

「おっ、なんじゃ？　別の趣向か」

美しく着飾った花鶴に見とれて、目尻をだらしなく下げる。

「そなたはまるで、お城の姫君様のようじゃなぁ」

「まぁ、お上手」

「そなたから〝殿様〟などと呼ばれると、拙者は、お大名様にでもなった心地がいたすぞ」

禿たちが介添えして、新二郎の巨体を立たせた。そのまま別の座敷へ連れ出してしまった。

銀八は心得顔で頷いた。

「これで万事、解決でげす」

「ほう？」

卯之吉は目を丸くさせた。

「そうかね？」

「へい。だって、新二郎旦那のお悩みは、お医者様でも草津の湯でも〜ってヤツでげしょ？　だったら、こういう荒療治が一番でげす」

「はぁ？　そうなのかねぇ？」

卯之吉は、世間からは大通人などと呼ばれている。大通人とは粋人の最上級を指していう。何事にも通じた訳知りの者だ、という意味なのだが、

（こんなにも男女の情に通じていないお人は珍しいでげす）と、銀八は常々思っていた。

そこへ、吉原一と評判の花魁《おいらん》、菊野太夫が入ってきた。

「久しくお見限りでありんした。あちきのことなど、お忘れなんしたかと、泣いて暮らしていたところでありんす」

「それは悪いことをしたね」

二人で屏風の前に座り直す。菊野が白い指で盃を向けてきた。それを受け取りながら卯之吉は、申し訳なさそうな顔をした。

「なにしろあの大雨で、三国屋の金蔵が空っぽになってしまったのでねぇ……。会いに来れなくてすまなかったよ」

菊野は、怨《えん》ずるような目で卯之吉を見つめる。

「やっと会いに来てくれたと思ったら、あんな野人をお連れになりりんすとは」

「ハハハ」

菊野は、酔った新二郎が踏み荒らした座敷を呆れ顔で見た。

「まるで熊が通り抜けた跡でありんすなぁ」

その時、新二郎がしけこんだ座敷から、とんでもない声が響いてきた。

卯之吉はクスリと笑った。

「ああ、熊が唸り声をあげておいでだ」

そう言って、菊野と二人で微笑みを交わした。


翌朝――。

「えいおう、えいおう」と、胴間声が耳に響いて、卯之吉は目を覚ました。

「なんでしょうねぇ……。こんな朝っぱらから」

窓の障子が朝日に照らされている。卯之吉はノソノソと起き出すと、障子を開けて顔を出した。

卯之吉が寝ていたのは大黒屋の二階座敷だ。障子窓を開けると下の通りがよく見えた。

朝帰りをする遊び人たちが一人、二人と歩いている中で、なんと新二郎が気合の声も勇ましく、木剣がわりの棒杭を振り回していたのだ。

「えい！　おう！　えい！　おう！」

太い声が早朝の大気を震わせる。煩《うるさ》くてかなわない。卯之吉は眠い目を擦りながら声をかけた。

「……いったい、なにをなさっておいでですかえ」

卯之吉に気づいた新二郎が、ハッと顔つきを変え、卯之吉のほうに向き直って居住まいを正し、恭《うやうや》しげに低頭した。

「お早いお目覚めにござる、八巻先生！」

凜々《りり》しげに引き締まった顔つきで、目は爛々《らんらん》と輝いている。昨日までの懊悩《おうのう》した様子は気振りも感じられない。

「やはり、朝稽古は良いものでござるな！　えいッ、おう、えいッ、おう！」

卯之吉は両手で耳を押さえた。

「お稽古にご熱心なのはわかりましたけれどね、ええと、皆さんのご迷惑もありますから……」

「先生！」

「はい？」

新二郎は両目を歓喜に見開いた。

「先生のお陰を持ちまして、拙者、無明の迷いから醒《さ》め申した！　我も人なら、女人もまた、人なり！　なにやら刮目《かつもく》いたした心持ちにござるぞ！」

「はぁ？　あたしのお陰ですかえ？」

「まさに剣の心と同じ！　敵を前にした際、敵をどこまでも恐ろしい相手に違いあるまいと思い込み、己のなかに作り上げた敵の姿に脅えてしまう。これぞまさしく剣の迷い！　然《しこう》して女人もまた同じ！　拙者は、己の心の中に作り上げた女人の姿に、思い惑わされていたのでござる！」

「はぁ？　……本当に、その理屈でよろしいのですかねぇ？」

間違っているような気がするし、間違っていないような気もした。

とにもかくにも新二郎は、なにかの悟りを開いたみたいに溌剌《はつらつ》として、無心に棒杭を振り回している。

「振れる！　振れるぞ！　思うがままに振れる！　拙者の手足は今、融通無碍《ゆうずうむげ》の境地にござる！」

稽古をすることが楽しくて楽しくて仕方がない、という顔つきだ。

（よくはわからないですけれど……、銀八の気配りが、珍しく当たったようですねぇ……）

それは大変に結構な話だが、やっぱり煩くてかなわない。卯之吉は布団に潜り込んで頭を抱えた。

三

その日の昼過ぎ、新二郎は数日ぶりに山方巨吽斎の道場を訪れた。この日は珍しく、数人の若い門弟たちが庭で竹刀を振っていた。新二郎とは面識もない若侍たちだ。互いに黙礼しただけで通り過ぎた。

新二郎が玄関先で名乗ると、いつもの門弟が出てきて、道場に上げてくれた。玄関を任せている、一番弟子格の門弟が新二郎の来訪を告げたので、巨吽斎は奥座敷での書見をやめて腰を上げ、道場に向かった。

道場に入る時、毅然《きぜん》として板敷きに正座した新二郎を横目で見て、巨吽斎はわずかに顔つきを変えた。

しかし、素知らぬ様子で一段高い見所に座った。

すかさず、新二郎が声を放ってきた。

「大先生！　一手のご指南をお願いします！」

その声にも張りがある。腹の底から吐き出された太い声だ。そしてなにより顔つきが引き締まっている。眉を高く上げ、どんぐり眼《まなこ》に力を込めて巨吽斎を見つめてきたのだ。

巨吽斎は無言で頷くと、立ち上がって木剣を手にした。それから一番弟子に向かって言った。

「庭にいる者たちを道場へ入れるように。今日の稽古は、あの者たちにとっても良い見取り稽古となるであろう」

これから始まる新二郎との稽古は、只事ならぬものとなる。若い門弟たちがそれを見れば、きっと武芸の肥やしになる。巨吽斎はそう確信したのだ。

若い門弟たちがゾロゾロと入ってきて、道場の端に並んで座った。何事が始まるのかと興味津々の顔つきで、巨吽斎と新二郎とを見つめた。

一番弟子が紹介する。

「こちらは盛垣家の御家中、吉永新二郎殿。大先生の直弟子である、新田巌先生の薫陶《くんとう》を受けられた御方だ。いわば、大先生の孫弟子に当たられる」

その大先生が木剣を下げて道場の真ん中に進んできた。

「これよりの稽古、お前たちもよく見ておくが良い」

若い門弟たちが声を揃えて「はい！」と答えた。

新二郎は緊張感に身を震わせながら襷《たすき》を掛け、袴の股立を取った。

これまでのような迷いはない。

壁にかけられた木剣を手にして片手で振る。木剣の振りにも、違和感や迷いはなかった。まるで、木剣の先までが自分の腕に同化したように感じられた。

（よしッ……！）

一つ大きく頷くと、道場の真ん中に戻った。

「お願いいたします！」

巨吽斎に向かって一礼する。巨吽斎も軽く頷き返して、木剣を腰の横に据えた。

新二郎は大きく大上段に構える。巨吽斎は居合腰に身を沈めた。

（そうだ。あの夜もそうであった）

いまさらながらに仇敵の構えが脳裏に蘇《よみがえ》ってきた。

（拙者は、あ奴の腕を斬ろうとしたのだ……）

もはや、美鈴の面影に惑わされることもない。

(出てくるところを打つ!)

臆することなく踏み込んでいく。相手の抜刀を誘わねば、相手の腕を斬ることはできない。我が身を餌に、相手の斬撃を誘うのだ。

巨叶斎の痩身から凄《すさ》まじい殺気が放たれてきた。

(大先生は、拙者を本気で打つおつもりだ!)

先日のような気の抜けた稽古ではない。もしも腹を木剣で打たれたら大怪我は免れない。下手をすれば死ぬ。

(なんの! 元より、兄上の敵に勝つことができねば死ぬ身だ!)

新二郎はさらにジリッと踏み出した。瞬間、巨叶斎の身体が大きく膨れ上がって見えた。

(来る!)

巨叶斎の腕が動いた。刹那《せつな》、新二郎は木剣を振り下ろした。

「キエェェェ――ッ!」

思い切り踏み出して、振り切った。

カーンと木剣が打ち合う。新二郎が繰り出した一閃《いっせん》は巨叶斎の腕ではなく、その木剣を打ったのだ。巨吽斎の木剣は老人が握っているとも思えぬほどに頑強に、新二郎の打ち込みを撥ね返した。

新二郎の木剣が脇に流れる。同時に二人の体《たい》が擦れ違った。

「ぬうっ！」

新二郎は足を踏み替えて体を返し、返しざまに木剣を振り切った。しかし、巨吽斎の身体は既にそこにはなく——、

「うっ……！」

巨吽斎の木剣の切っ先が、ピタリと喉元に突きつけられた。新二郎は身をこわばらせた。まったく身動きできなかった。

木剣がスッと引かれる。新二郎は息を吐いて低頭した。

「参りました」

額を冷汗が流れる。

（もし、これが真剣勝負であったなら……）

巨吽斎の突きが新二郎の喉を貫いていただろう。

見守っていた若い門弟たちが期せずして一斉に、溜息をもらした。

巨吽斎は、力みもなく、ただそこに立っている——ように見えた。巨吽斎が訊

ねた。

「曲者《くせもの》との勝負でも、そのようにして腕を狙ったか」

新二郎は畏《かしこ》まって頷いた。巨吽斎も頷き返した。

「狙いは悪くない」

しかし、と続けて、目をギラリと光らせた。

「そなたの手足には凝りがある。早く打とう、早く振ろうと意気込んでおるから、無駄な力が入るのだ」

「は……」

「打ちかかってみよ」

「はっ？」

「わしを打ってみよ」

「ハッ」

新二郎は木剣を構え直した。巨吽斎はダラリと両手を下げたまま、枯れ木のように突っ立っているだけだ。隙だらけの姿に見えた。

「キェッ！」

新二郎は木剣を振り下ろした。直後、右手に鋭い痛みを覚えた。

（打たれた！）

手を離れた木剣が、床板に叩きつけられる。打たれた手を押さえながら、驚嘆の眼差しを巨叶斎に向けた。巨叶斎は陰気な無表情で新二郎を見た。

「わしが剣を振るう、その気配が見えたか」

「い、いいえ……」

棒立ちしている巨叶斎に打ちかかったら、手も足も動いたと見えぬのに、打たれていた。

「人を打つのに造作はいらぬ。無駄な力は、出し惜しまねばならぬ」

「はっ」

「翻《ひるがえ》って、そなたは、腕も足も力みかえり、いらぬ力が全身に満ち満ちている。人を打つために要り用な力を発する前に、筋肉そのものを動かすために、無駄な力を使っておるのだ」

新二郎を睨《にら》みつけた。

「それゆえ、そなたの剣は相手の腕に届かない。相手の腕を斬るのより僅《わず》かに遅れてしまう。だから相手の刀を打つことになってしまうのだ」

「では、どうすれば……」

「構えよ」

新二郎は大上段に構えた。

その直後から、凄まじい荒稽古が始まった。

「無駄に力が入っておる！」

新二郎の力みかえった力こぶに、ビシビシと木剣が打ち込まれた。腕といわず足といわず、無駄な力が入った途端に鋭い一撃を打ち込まれるのだ。

新二郎は避けることも叶《かな》わず、剣を学び始めた初級者のように打たれ続けた。

「なぜ避けられぬのか、それがわかるか。力が入っておるからだ！　無駄な力が凝りとなり、重さとなり、本来自在であるはずの手足の枷《かせ》となっておるのだ！」

新二郎の手足はたちまち青痣《あおあざ》だらけになっていく。ついには体重を支えかねて前のめりに倒れ、顔面を打って鼻血を激しく噴き出した。


見守る門弟たちのほうが、顔面を真っ青にさせて震えている。思わず目を閉じてしまう者までいたほどだ。

それでも新二郎は音をあげない。木剣を構えて何度でも巨叶斎に立ち向かっていく。

打たれた手足は、ほとんど感覚が麻痺するほどに痛めつけられている。常人であれば立っているのもおぼつかないはずなのだ。

ところがである。そのうちに門弟たちは、不可思議なことに気づいた。

稽古が始まった当初は、荒々しく床板を踏み鳴らしていた新二郎の足が、次第に音もなく、静かに踏み出すようになってきた。

最初はあまりにも痛めつけられすぎて、足腰が弱ってしまったのだと思った。しかしである。門弟たちはすぐに気づいた。無駄な力を込めることができなくなった分だけ、新二郎の踏み込みが、より速くなったように見えたのだ。ドンドンと床板を踏み鳴らすばかりであった足が、まるで霞を踏むかのように静かに踏み出される。しかしその足は、大地に根を張ったかのごとくに堅牢なのだ。

足腰から力みが消えれば、自然と腕の振りも早くなる。巨叶斎は居合斬りに似た一閃を繰り出すが、新二郎の太刀捌《たちさば》きは次第次第に、その速さについて行けるようになってきた。

そしてついに、新二郎の木剣が、巨叶斎の小手を捕らえた。

「見事！」

巨叶斎が叫ぶ。新二郎は、自分が何をしたのかわからないような顔つきで、己の腕と木剣を見つめていたが、やがてその顔が歓喜に震えて、両目から大粒の涙を流し始めた。

「……大先生！」

新二郎の顔は、鼻の穴から鼻血を噴き、両目の瞼も大きく腫《は》れ上がっている。そのうえ涙でグチャグチャだ。

巨卟斎は、可愛い孫でも見守るような顔つきで、一つ、大きく頷いた。

新二郎が一礼すると、巨卟斎も、深々と一礼を返した。そして静かに奥の座敷に下がっていった。

新二郎は道場の真ん中に突っ立ったまま、巨卟斎を見送っている。

窓の櫺子《れんじ》格子から橙《だいだいいろ》色の夕陽が差し込んできた。門弟の一人がそれに気づいてハッとなった。

「……なんと！　もう夕刻か！」

門弟の全員が我に返る。

「い、いつの間に、そんなに時が経ったのだ」

皆、凄まじい荒稽古に心を奪われ、時間の感覚を喪失していたのである。

その時であった。新二郎が真後ろにズデーンと倒れた。

「吉永殿！」

門弟たちが慌てて駆け寄った。

「いかん、気を失っておられるぞ！」

「水じゃ！　早く！」

門弟たちは総出で介抱をしながら、新二郎を別室の座敷へと運び込んだ。

四

夜もだいぶ更けた頃、ようやく新二郎は息を吹き返した。

手足は痛むが、そこはやはり、達人に打たれた傷である。急所は完全に外してある。骨にもまったく異常はない。見た目こそ酷《ひど》い状態だが、手足を動かすのに、なんの不自由もなかった。

新二郎は起き出して、挨拶のために巨叶斎の座敷に向かった。

巨叶斎は書見台の前に座っていた。新二郎が廊下に正座すると、一瞥《いちべつ》をくれた。

「そなた、ここ一両日の間に、いったい何があったのだ」

「何か、とお訊ねにございまするか……」

「そうじゃ。数日前までのそなたは、何に悩んでおったのか知らぬが、心ここにあらずという醜態を晒しておった。しかるに、ほんの僅かの間に、そなたは迷いを振り切って刮目《かつもく》したかに見える。いったい何があったのだ」

新二郎の劇的な変化は、巨叶斎にとっても大きな謎であったらしい。

新二郎は胸を張って答えた。

「八巻先生より、大切な教えを賜りました」

「なんと……」

「拙者、八巻先生の教えに導かれ、無明の迷いより、抜け出すことができたのでございます！」

巨叶斎は唸った。暫時《しばし》無言で瞑目《めいもく》してから言った。

「そなた……、危ういところを八巻殿の教えによって活かされたな……」

「拙者もそう思いまする。あのままずっと思い悩んでおったなら、拙者は必ずや返り討ちにされていたことでございましょう」

「うむ……。八巻殿の剣、これぞまさしく、活人剣《かつにんけん》である！」

つい先日、殺人剣《せつにんけん》だ、などと決めつけていたのに、そんなことはすっかり忘れて言いきった。

「八巻卯之吉……、さすがの剣名に違《たが》わぬ大人物よ。ご老中様から嘱望されるだけのことはある。ご老中様は人を見る目を備えておられる。そしてそれに応える八巻殿の人格見識もまた見事！　ううむ……まことに恐れ入った人物だ！」

などと、弟子にも通じる早合点を発揮して、何度も大きく頷いたのであった。

五

八巻家の屋敷に三右衛門が顔を出した。

「そうかい。新二郎旦那がやる気を取り戻したってかい」

台所で銀八から話を聞かされて、頷いた。

三右衛門は恋の悩みなどとは無縁の世界で生きてきた。そういう悩みがこの世に存在することすら理解していない。新二郎が悩んでいる姿を見ても、単にやる気を失くしてしまったのだと考えて、勝手に憤慨していたところであったのだ。

「これでいよいよ面白くなってきやがったぜ！　オイラたちも精を出して、偽同心を見つけ出さなくちゃならねぇな」

銀八は三右衛門に訊ねた。

「敵の居場所の、手掛かりかなんかは、あるんでげすか」

三右衛門は渋い顔をした。

「ねぇ」

銀八もさすがに困り顔だ。

「せめて、あっしに化けてるっていう悪党だけでも、さっさと捕まえていただきたいんですけどねぇ……」

「なんだと手前《てめ》ェ！」

三右衛門の顔色が変わった。

「手前ェさえ良ければ、旦那がどうなっても良いっていうのか！」

銀八の襟首を摑んでギュウギュウと締め上げる。

「そ、そんなつもりはゲホホッ……。下っ端から捕まえて、それをきっかけに芋《いも》蔓《づる》のようにゴホッゴホッ！　苦しいッ」

三右衛門は手を離して銀八を突き飛ばした。

「何が芋蔓だ！　調子のいいことばっかり抜かしやがって！」

そう怒鳴った三右衛門の顔つきが、ふいに変わった。

「芋？……そう言やぁ、あの芋はどうした？」

銀八は首をさすりながら立ち上がった。

「へい。落っことしていったっていう芋売りさんがお見えにならなかったんで、そのまま食っちまいましたでげすよ」

「芋売り……」

三右衛門はアッと叫んだ。

「そうだ！　あの芋売りだ！」

「へい？　芋売りがどうかなさったんで？」

「芋売りが、次には石見銀山を売りに来やがった！　そうだぜ。あの二人は、同じ野郎だったんだ！」

「はい……？」

「こうしちゃあいられねぇ！　人相書きを作らにゃならねぇ！　ええと、確か右のこめかみに黒子《ほくろ》が——」

何事かを思い出そうとしながら、三右衛門は台所口から飛び出していった。

「なんでげしょうねぇ？　いつも粗忽な親分でげす」

自分の粗忽さは棚に上げて、銀八はそう呟いた。

「おうっ。そうだぜ！　だんだんと似てきやがった」

荒海一家の店に戻り、絵心のある子分に筆をとらせて、三右衛門は問題の男の似顔絵を描かせた。何十枚も反故《ほご》を出して、ようやく、記憶の中の男の顔に似た絵図が完成したのだ。

「ようし、これでいい！」

できあがった絵図を両手で持つ。それから子分たちにも見せた。

「どうでいっ、このツラに見覚えのあるヤッぁいねぇか！　八巻の旦那の屋敷を探っていやがった曲者だぞ！」

三右衛門の表稼業は口入れ屋で、店には子分たちが十人近く集まっていた。表向きは口入れ屋の奉公人だが、その実は俠客。あちこちの博打場や、悪所に集まる悪党たちに通じている。

しかし、人相書きの顔に思い当たる者はいない様子であった。

三右衛門は少しばかり落胆したが、しかし、それで挫《くじ》けるような男ではない。

「ようし、それじゃあ、このツラをよぉく見覚えて、江戸中の博打場、それに岡場所なんかを当たるんだ。草の根わけてでも探し出せ！」

「へいッ」と答えて一家の者たちが威勢よく飛び出していった。

「おい寅三、こいつを店先にも張り出しとけ」

口入れ屋には、職を求めて大勢の客が来る。渡り中間のような不逞《ふてい》の者も多かった。一人一人に問い質《ただ》せば、この顔を見知った者に出くわすかも知れない。

三右衛門はどこまでも意気軒昂《けんこう》であった。

第六章　決　着

一

そろそろ昼九ッ（正午）になろうかという頃、赤坂新町の三右衛門店に粂五郎が現われた。

粂五郎は、元は東海道筋を流した博徒で、荒海一家には食客という形で寄宿している。かつては荒海一家の他にも、千住宿の長右衛門《ちょうえもん》一家などにも顔を出していた渡り者だ。

だからこそ、一家の者が知らない裏事情にも通じている。三右衛門は粂五郎を重宝に思い、ふんだんに小遣い銭を与えて手懐《てなず》けていた。

「朝から酒臭ぇな、粂五郎兄ィ」

一家の若衆が顔をしかめた。粂五郎は酒好き、女好きで、昼になるまで起きてこないことが多かった。

粂五郎は、逆に若衆に顔を近づけさせると、クンクンと鼻を鳴らして臭いを嗅《か》いだ。

「そういう手前《てめ》ェは白粉《おしろい》臭ぇぞ。夜鷹にでも引っ掛かりやがったな？」

若衆は慌てて首を横に振った。

「ちょっ……、やめておくんない。荒海一家じゃあ、夜鷹に手を出すのは御法度なんだ」

粂五郎は若衆をからかいながら奥に向かおうとして、店先に張り出された人相書きに気づいた。

「なんでぇ、こりゃあ」

若衆が答える。

「八巻の旦那の屋敷内を覗《のぞ》いていやがったっていう、曲者《くせもの》でさぁ」

粂五郎は聞いてはいない。三右衛門が作った人相書きを茫然と見つめている。

「こいつぁ、三治……？」

その様子を見ていた寅三が、帳場格子の中から飛び出してきた。

「やいッ粂五郎！　手前ェ、その野郎に見覚えがあるってぇのか！」

粂五郎はびっくりして振り返ったあとで頷《うなず》いた。

「多分、オイラの知ってる顔だと思うんですがね……」

「なんてぇ名前《なめ》ェの野郎だ」

「三治ってぇ、ケチな小悪党でさぁ。あちこちの大親分に取り入って、押し込みの手引き役なんかをしていやがりやした」

「今はどこにいやがる」

「居所ははっきりしねぇんで。いつも塒《ねぐら》を転々と変えていやがる野郎ですぜ。仲間うちにも借金をこさえるような、ろくでなしですからね」

寅三は険しい目つきで粂五郎を見つめながら確かめた。

「その三治って野郎の顔を見たら、すぐにそれと見分けがつくか」

「へい」

「ようし、それじゃあお前《め》ぇは三治を見つけ出してくれ」

粂五郎は「合点だ」と頷いてから、言い足した。

「三治の博打好きは、ほとんど病気でさぁ。三日に一度は必ず博打場にツラを出しやす。それから、野郎の右手の小指の付け根には、ちょっと目立つ痣《あざ》がありやした。駒を張る時に手許を見ていれば、すぐにわかるはずでさぁ」

「そいつぁてぇした手掛かりだ。皆にも報《しら》せとくぜ」

「へい。江戸中の博打場に張り込ませりゃあ、三日で居所が摑めるはずですぜ」

そしてさらに粂五郎は不敵な笑顔を見せた。

「野郎を見つけ出したら、あっしを呼んでおくんなさい。あっしと三治とはちょっとした顔馴染みだ。友達ヅラをして近づいて、野郎が何を企んでいやがるのかを暴いてやりやすぜ」

「おうっ、面白《おもしれ》ぇ。昔なじみを売るような真似は本意じゃねぇだろうが、一肌脱いでもらうとするぜ」

「なぁに、野郎の不義理にゃあ、煮え湯を飲まされてばっかりだ。かまうもんですかい」

その日の夕方から、荒海一家の子分たちが江戸中の博打場へと散った。

二

深夜、ほとんどの者が寝静まった頃、見るからに強面《こわもて》の男たち十人ほどが、三筋町の木戸をくぐって町内に入ってきた。

木戸番の親爺は一晩中就寝せずに通りを見張っている。突然やって来た男たちに驚いて声をかけた。

「な、なんだえ、お前ぇたちは」

事と次第によっては即座に呼子笛を吹いて、近在の大番屋に報せねばならない。呼子笛を握りしめつつ、もう片方の手で提灯《ちょうちん》を突き出した。

強面の男たちは顔を引きつらせた。引きつらせたのではなく、微笑みかけたつもりであったのかも知れない。しかし目はまったく笑っていない。下から提灯で照らしあげられたので、なんともおぞましい顔つきとなった。

その顔で、男の一人が答えた。

「オイラたちは、水戸様のお屋敷で雇われた渡り中間《ちゅうげん》さ。お屋敷の奥長屋は塞がってるって言われたんで、三筋町に塒を借りてもらったんでさぁ」

険悪な面相だが、意外にも筋道正しく、そう言った。

「ほぅ、そうかえ」

木戸番の親爺は、男たちの顔を見つめた。いかにもな悪党ヅラだが、渡り中間には質《たち》の悪い破落戸《ごろつき》も多い。

男たちは水戸家の屋敷から貸し与えられたと見られる、釘抜き紋の法被《はっぴ》を着ていた。三筋町の付近には、大名や旗本の屋敷がたくさんある。通いの中間が住み着くことも珍しくはない。

「通りな」

怪しむこともないと判断して、通行を許すと、自分は番小屋の中に引っ込んだ。

中間風の男たちは、悠々と町内を進んだ。滝蔵の仕舞屋《しもたや》の前に到着し、表戸を独特の符丁で叩いた。

すぐに中から誰何《すいか》する声がした。

「どなたさんですね」

戸を叩いた中間が答えた。

「へい。水戸家から参りやした」

くぐり戸が開かれた。滝蔵が顔を出して、一同の顔を確かめた。

「お入りなせぇ」

中間たちがゾロゾロと仕舞屋に入る。滝蔵がくぐり戸を締めると、さすがに緊張が解けたのか、皆で息をついたり、笑顔を浮かべたりした。

「良くこれだけの人数を集めてくれたな、行徳《ぎょうとく》ノ」

滝蔵に声をかけられたのは行徳ノ七右衛門《しちえもん》と呼ばれる盗賊だ。年は四十ばかり、眉が太く、獅子鼻《ししばな》で、いかにもクセのありそうな面構えである。良く日焼けした顔を綻《ほころ》ばせ、黄ばんだ乱杙歯《らんぐいば》を見せて笑った。

「久しぶりだなぁ、滝蔵。天満屋ノ元締の下で、なんだか面白ぇことを企んでるみてぇじゃねぇか」

「おう。丁度、面白くなってきたところだぜ。八巻の野郎を雪隠詰《せっちん》めにしてくれようって話だ」

「へぇ？」

「まぁ、立ち話でもなんだ。上がって一息ついてくれ。今、茶を淹《い》れるから」

「オイラたちは、茶よりも酒のほうがありがてぇ」

「ちげぇねぇや」

行徳ノ七右衛門が連れてきた悪党たちは、草鞋《わらじ》を脱いで足を濯《すす》ぎ始めた。中間の法被は表裏をひっくり返して着直す。裏は濃い柿色の一色に染め抜かれている。闇の中でもっとも目立たない色で、盗人たちが仕事の時によくこの色を使う。

元々は店として使われていた仕舞屋の座敷は、障子も取り外されて一間続きの大きな座敷とされた。七右衛門が集めてきた男たちが列を作って居並んだ。

向かい合うのは滝蔵と三治だ。七右衛門が一同に目を向けた。

「滝蔵とは古い馴染みだ。義理を欠かねぇように人を集めたつもりだが――」

言葉を切って、苦々しげな顔をした。

「八巻の野郎に恐れをなして、名の知れた盗人は、関八州や上方に逃げちまった。江戸の近くにいたのは年寄りと、半人前の若いのだけだったぜ」

七右衛門は肩ごしに振り返って、白髪頭の老人に目を向けた。

「錠前破りの安次郎《やすじろう》さん。人呼んで〝蝙蝠安《こうもりやす》〟だ」

「おお」

滝蔵は目を見開いた。

「お噂は、オイラが餓鬼の頃から、聞いておりやすぜ」

蝙蝠安はもう還暦を過ぎたような老体だが、さすがに居住まいには凄《すご》みがある。眼を光らせて笑った。

「そんな二ッ名で呼ばれた昔もあったがね。今はただの隠居さ」

謙遜《けんそん》して見せるがしかし、盗人が隠居の年齢まで捕まらなかった、ということ自体が偉業なのだ。名人上手と名を取った盗人にしか成し得ぬことである。

「盆栽いじりも飽きてきたところでな。そこでまぁ、話に乗せてもらったのさ」

さらにもう一人の老人が控えている。頭の毛をほとんど剃り落としたような禿《とく》頭《とう》だ。七右衛門が紹介する。

「こちらは軽業で鳴らした孫十《まごじゅう》さん。人呼んで、鼬《いたち》ノ孫十」

またしても滝蔵が瞠目した。

「あんたさんが〝イタ十〟さんですかえ！」

滝蔵の世代にとっては伝説となっている名前だ。イタ十と呼ばれた老人は、薄い唇を得意気に歪めて笑った。

「そんな名で呼ばれたこともあったっけなぁ。マァ、ずいぶんと昔の話さ」

「いやいや。イタ十さんの仕事ぶりは、今でも語り種になっておりやすぜ。日本橋の魚河岸から将軍家ご献上の鱚《きす》を掠《かす》め取った話にゃあ、胸のすく思いがしたものですぜ」

「ふん、嬉しいことを言ってくれるじゃねぇか。老い先も短《みじけ》ぇこの身体だ。最後にもう一花咲かしてやりてぇ、日本中の盗人の、思い出に残る大仕事を成し遂げてから死にてぇ、なぁんて思ってな」

「へい。江戸にその名を轟《とどろ》かせた名人お二人の、最後の花道を飾るに相応《ふさわ》しい、大きな仕事を用意しておりやすぜ」

詳しい話は聞かされていなかったらしい。老盗二人はチラッと視線を交わしてから訊ねた。

「どんな仕事なんだい」

蝙蝠安が訊ねる。イタ十も耳を傾けた。

若い盗人たちも姿勢を正して聞き入る。滝蔵は一同を見渡してから言った。

「八巻の鼻をあかしたうえに、大恥まで掻《か》かせてやろうって仕事でさぁ」

蝙蝠安とイタ十が顔を見合わせる。今度はイタ十が訊ねた。

「詳しく聞かせてくれ。いってぇ何をしようってんだ」

座敷に立てられた蠟燭《ろうそく》が揺れた。滝蔵の横顔に黒い影が広がった。

「八巻の後ろ楯になっていやがるのは、老中の本多出雲守と、札差の三国屋でございまさぁ。この二人が手を貸していやがる限り、八巻を追い落とすことは難しいって話なんで」

天満屋ノ元締が武家社会に手を尽くして調べた話を簡潔に語る。

蝙蝠安の目が光った。

「だから、どうしようってんでぃ」

イタ十も首を捻《ひね》る。

「相手が老中じゃあ、オイラたちのような悪党には手が出せねぇぞ」

滝蔵は大きく頷いた。

「そうなんで。だからこそ八巻にはこれまで、どんな大親分でも勝てなかった。しかし、その後ろ楯のほうを攻めたら、どうなりますかね」

「何をしようってんだ」

イタ十が焦《じ》れたように言う。滝蔵は答えた。

「本多出雲守は今、関八州に広がる川や道を直すことに精を出していなさる。その普請にかかる金を払っているのは、三国屋なんでさぁ」

蝙蝠安が顎を撫《な》でた。

「それで？」

「その金を、丸々奪い取ってやろうって算段なんでさぁ。そうすりゃあ本多出雲守の面目は丸潰れ、三国屋は大損だ。江戸の御府内で奪い取ってやれば、本多や三国屋の怒りは、きっと八巻に向けられやす。『日頃、目を掛けておるのに、肝心の時に役に立たぬとは何事か』ってぇことです」

「なるほど、後ろ楯から八巻を切り離してやろう、って算段だな」

イタ十が言う。

滝蔵は頷いた。

「天満屋ノ元締の策で、八巻の野郎は間もなく、手前ェの屋敷内に雪隠詰めになるはずなんでさぁ。八巻が屋敷から出てこれなくなったら、すぐにも金を奪い取りやす」

「面白ぇじゃねぇか」

蝙蝠安がニヤリと笑い、イタ十も頷き返した。

若い盗人たちも勇みかえる。彼らにとっては、盗人になって初めての大仕事である。

意気盛んな老人二人と若い者たちの顔を見て、滝蔵と七右衛門は（これなら心配要らねえ、きっと上手くいく）と、頷きあったのであった。

「それじゃあ滝蔵。俺はこれで帰るぜ」

行徳ノ七右衛門は、天満屋ノ元締の命を受けて人集めを請け負っただけで、一味には加わらない。

「上首尾を祈ってるぜ」

「ああ、任せとけ」

座敷から出ていく七右衛門を、滝蔵が見送った。

丁に張った駒を全部巻き上げられてしまい、三治は舌打ちしながら腰を上げた。

三

ここは三筋町の近くにある、とある旗本屋敷の中間部屋だ。

本来なら中間たちが布団を敷いて寝るはずの大部屋で博打の賭場が開帳されている。茣蓙《ござ》の上に白い布が被せられ、イカサマがないことを証明するために褌《ふんどし》一丁になった中間が、壺を片手に座っていた。

壺が振られて伏せられた。

「さぁ、半方ないか、半方ないか」

賭けを促す声がしたが、三治にはもう、盆茣蓙に張るだけの手駒がなかった。

賭場を仕切る貸元（胴元）は屋敷に仕える中間頭だ。丁半博打を取り締まるのは町奉行所の役目であったが、町方役人は旗本屋敷には踏み込めない。それをいいことに堂々と博打場を開帳している。

「お帰りですかい、お客人」

金箱と長火鉢を並べた奥に陣取っていた中間頭が三治に声をかけてきた。三治は首を横に振ると、金箱の前に膝をついた。

「駒をおくんなさい」

金箱の上に二朱金を置く。

「ちょうど潮目が巡ってきたところだったんだ。ここで帰れるものか」

三治が言い放つと、中間頭はニヤニヤしながら二朱金を駒に替えてくれた。

「しかし三治さん、あんた、ここンところ急に金の巡りが良くなったね。良い金《かね》蔓《づる》でも摑んだのかい」

「まぁ、そんなところよ」

三治は駒を鷲摑みにすると、盆茣蓙の前に戻った。

ちょうど壺が振られるところであった。三治は自分の方にツキが回ってきたと信じていたので、ここは大きく張った。

「丁だ！」

その駒の数を中盆《なかぼん》が目算する。中盆は盆茣蓙の仕切り役で、客の駒が丁半同数になるように仕向ける。さっそく「半方ないか！」と、半に張るように促し始めた。

するとその時、ちょっと前に中間部屋に入ってきて、蠟燭の火も当たらない暗がりの中に座っていた男が、静かに盆茣蓙に寄って来て座り直した。

「おっ、お客人、様子見は済みましたかい」

中盆が言う。

本物の博徒は、初めての博打場ではすぐに駒を張らない。壺振りの癖や、相席の客の張り方などを観察している。十分に見て取ったのか、その男はようやく駒を茣蓙に置いた。

「半だ」

三治はチラリと目を向けたのだが、なにしろ博打場は暗い。その男の顔はよく見えなかった。

「丁半駒揃いました!」

「勝負!」

中盆が叫び、壺振りが壺を持ち上げる。

「四三《しそう》の半!」

客たちが一斉にどよめいた。三治の前に張られた駒が持っていかれて、半に張った客の手許には駒が置かれた。

三治は舌打ちした。

「ようし、今度こそ丁だ！」

勢い良く駒を張る。すると、暗がりの向こうの男が静かに半に張った。

三治はムッとなった。

（野郎、俺の向こうを張っていやがるな！）

三治に博才がないと見て取って、故意に逆を張っている。三治をカモにしてやろうと企んでいるのだ。三治にとっては、甚だ気分が悪い。

本物の博徒は、実は、賽《さい》の目などは見ていない。その場で誰が一番下手に博打を打つのかを見ている。駒の張り方が不用意で、かつ、負けの元を取ろうと大きく張るような間抜けな男は真っ先に狙われる。向こうを張られて駒を毟《むし》られてしまうのだ。

（くそうっ、見てろよ）

三治も玄人の博徒を気取っていた。負けるものかと意気込んで張り続けるが、賽の目は次々と裏目に出た。三治の駒はどんどん減って、代りに、あの男の駒はますます増えた。

「畜生ッ、半だ！」

最後の駒を張る。男はまたも反対に張った。

「ピンゾロの丁！」

三治はすべての駒を巻き上げられてしまい、茫然とその場にへたり込んだ。

三治の向こうを張っていた男が、駒をかき集めて中間頭の許に向かった。結局、三治が払った金のほとんどが、その男の懐に納められることとなった。

「くっそうっ、面白くねぇっ」

オケラになった三治を哀れんだのか、中間頭が「厄払いだ」と茶碗酒を飲ませようとしたのだが、それも断って表に出た。

月を見上げて足元の小石を蹴る。晩秋の寒さがいよいよ身に沁みた。

その時であった。

「三治」

闇の中から声をかけられて、三治はギョッと目を剝《む》いた。

「あっ、手前ェは」

逆張りを仕掛けて三治をオケラにしたあの男が、闇の中に立っていたのだ。

「なんだ手前ェ！　今の俺は一文なしだぞ！」

襲われたりしたら困るので、最初にそう言ってやった。

男は笑った。

「そりゃあ知ってるよ。オケラになるのを見ていたからな。俺だよ、粂五郎だ」

「粂五郎だと……？　あっ、本当だ、粂五郎じゃねぇか！」

粂五郎は膨らんだ巾着《きんちゃく》を片手に持って、ニヤリと笑った。

「相変わらず博才がねぇな。お陰でこっちはたっぷり稼がせてもらったぜ」

昔なじみにカモられたと知って、三治は不愉快そうに舌打ちした。

「今夜は、ツキがなかっただけよ」

「それにしたって、ずいぶんと派手に張っていやがったな。羨《うらや》ましいほどだったぜ？　どうやら金には不自由していねぇものと見えるな」

粂五郎が水を向けると、博打に負けた屈辱を晴らそうとでもいうのか、三治はわざと得意気に胸を張った。

「まぁな。遊ぶ金ぐらい、いくらでもあるのさ」

粂五郎はわずかばかり悔《くや》しそうな表情を浮かべた。

「そうかい。やっぱり羨ましいぜ。こっちは博打で手にした端金《はしたがね》で、どうにか息をついているような有り様さ……」

粂五郎が弱みを見せたので、三治はますます良い心地になった。

「フン。血達磨ノ粂五郎ってぇ異名を取ったお前ぇにしちゃあだらしがねぇ！　そういうことならその金は、そっちにくれてやらあ！　俺にとっちゃあ小金もいいところだ。遠慮はいらねぇ。気持ち良く受け取ってくんな」

博打に負けたのであって、くれてやったわけではないはずだが、恩きせがましく言い放った。

粂五郎は内心呆《あき》れ果てていたであろうが、あくまでも困窮したふうを装って低頭した。

「昔なじみってのはありがてぇな。なにしろこのご時世だ。仕事にもありつけなくて困ってたところよ」

「ご時世がどうしたって？」

「南町の八巻ってぇ切れ者が、幅を利かしていやがるだろう？　名だたる親分衆も江戸を離れちまったからな。俺みてぇな渡り者の小悪党は、身の寄せ場もなくなっちまったのさ」

「なぁんだ、そんな話かよ」

三治は小馬鹿にしたような目で粂五郎を見下した。粂五郎は内心は腹立たしかったであろうがおくびにも出さない。

「そんなこと——じゃあねぇよ。こっちにとっちゃあ命に関わる。なんでぇ、お前ぇは、頼りになる親分さんの下にでも、ついてるっていうのか」

三治は自慢気に鼻を上に向けた。

「そういうこった。たいそう頼りになる大親分だぜ。なにしろこうやって、毎日博打を打っていられるほどに、小遣い銭ももらえるんだ」

「へぇ、そいつぁてぇしたもんだ。さすがは三治だ。これまでにも名だたる大親分の下で働いてきた大物だけのことはあるぜ」

単純な三治は喜びを隠しきれない顔つきになった。

「そういう手前ェだってなかなかのもんだぜ。……フフン、なんなら、俺の親分に顔を繋《つな》いでくれようか」

「えっ、本当かい！」

三治は、チラリと粂五郎の懐に目を向けながら言った。

「立ち話ってわけにゃあいかねぇな。なぁ粂五郎、小腹が減っちゃあいねぇか」

「おう。飯でも酒でも、お供するぜ。金ならここに——あっと、この金は元はと言えばお前ぇ、じゃなかった、三治兄ィのモンだ。返しとくぜ」

巾着を三治の手に握らせた。

兄ィと呼ばれ、金も取り戻した三治は、ますます良い気分である。

「手前ぇも苦労したみてぇだな。ずいぶんと物分かりが良くなったじゃねぇか。そうだぜ、それでいいんだよ。さて、飯にしようか。行きつけの飯屋がある。話はそこで、じっくりとだ」

三治は粂五郎の肩に手を回し、

「手前ェのような弟分がいれば、俺もずいぶんと鼻が高《たけ》ぇぜ」

などと、好き勝手なことを言った。


粂五郎が一膳飯屋から表に出ると、すかさず近くの暗がりから荒海一家の若衆が飛び出してきた。

粂五郎は若衆を促して、近くにあった稲荷神社の裏に入った。

「てぇへんなことを聞き出したぜ。どうやら、偽同心野郎の侍殺しは、八巻の旦那を屋敷から出られないようにするための悪だくみだったようだ」

粂五郎は三治から聞き出した――というより、酔った三治が自慢げに語って聞かせた話を、若衆にそのまま告げた。

「そいつぁ大事だ。三国屋の金を狙ってるんですかい」

「そういうことらしい」

「それにしても粂五郎兄ィ」

若衆が感嘆の目つきで粂五郎を見た。

「瞬《また》くうちにそこまで聞き出すたぁ、てぇしたもんだ！」

粂五郎は舌打ちした。

「野郎が勝手にくっ喋《ちゃべ》ったのよ。アイツは昔からそうなんだ。手前ェを大物に見せてえばっかりに、なんでもかんでも自慢げに喋っちまう。俺もずいぶんと煮え湯を飲まされたもんだが、今度ばかりは大助かりだ」

「それじゃあオイラは、親分のところへ報せに走りやす」

「おう。俺は三治にくっついて、悪党一味の根城に乗り込むとするぜ」

「気をつけてな、兄ィ」

「手前ェに言われるまでもねぇや」

二人は闇の中で分かれた。

四

「なんとまぁ、そういう企てだったのかい」

八丁堀の座敷に座った卯之吉が、煙管を片手にして目を丸くさせた。

粂五郎からの報せを聞かされた三右衛門は、取るものも取りあえず卯之吉の屋敷に走ったのだ。

その晩の卯之吉は珍しく、遊興には出ずに屋敷にいた。先日の吉原遊興に激怒した美鈴が見張りをしていたからだ。それが幸いして、三右衛門の報せはすぐに、卯之吉の耳に入ることとなった。

卯之吉は小首を傾《かし》げている。

「ずいぶんと無駄なことをなさるもんですねぇ」

卯之吉は自分自身のことを、南北の町奉行所一の役立たずだと思っている。そして多分、それは正しい。

「あたしなんかが、いようが、いまいが、勝手に押し込みでも強盗でも、お働きになったらよろしいのにねぇ」

しかし三右衛門は、卯之吉のことを江戸で五指に数えられる剣豪で、千里眼と異名を取る切れ者同心だと信じていた。

「ご謙遜も過ぎれば厭味《いやみ》に聞こえやすぜ。悪党どもの身になってみれば、旦那ほどおっかねぇお役人は他におりやせん」

「そうかねぇ」

三右衛門のほうこそ厭味を言っているのではないか？　と卯之吉は思った。

「それで、粂五郎さんは、その後、どうなすったんですかね」

「それがこっちの手抜かりだ。粂五郎に一人しか若ぇの《わけ》をつけていなかったもんで、その三治って野郎に連れられて、いってぇどこに行っちまったのか、よくわからねぇんで」

「ははぁん、それはお困りだ」

「そうこうする間にも、悪党どもが好き勝手をしやがらねぇかと案じられやす」

「それは心配いらないでしょう。だって、そのお人たちは、あたしが屋敷に押し込められるまでは、悪事は働かないんですから」

「ああ、そうですな」

卯之吉はほんのりと笑った。

「こっちにとっては好都合ですよ。あたしが身を潜めれば悪党一派が動き出すんですからね。こちらの都合の良いように捕り物を進めることができます。それに新二郎さんにも、敵討《かたきう》ちのご用意というものがあるでしょうからね」

「へい。あっしも、あの田舎侍には存分に、兄上様の敵を討ってもらいてぇと思っておりやす」

一本気な三右衛門は、愚直そのものの新二郎をずいぶんと高く買っている様子であった。

「それじゃあ、用意を進めましょうかね」

「へい。あっしはどうにかして粂五郎を見つけ出し、繋ぎをつけやす」

「悪党一味から見れば粂五郎さんは新入りだ。見張りがつけられているかもしれない。十分に気を配っておくれな」

「へい。お指図の通りに」

三右衛門は低頭してから出て行った。夜道をものともせずに赤坂新町まで帰って行った。

「はぁ。三国屋の金をねぇ……」

どうせなら、あの大水の前に盗みに来れば良かったのに。などと呑気《のんき》なことを考えながら、煙管の莨《たばこ》に火をつけた。

三日後、江戸中でちょっとした騒ぎが持ち上がった。

「おい、聞いたか」

道具箱を担《かつ》いで道をやって来た大工が、知り合いの左官職人に声をかけた。

「南町の八巻様が、お侍殺しの嫌疑で、お屋敷に蟄居を命じられたってよ」

「なんだって、ほんとの話か」

そこへたまたま通り掛かった棒手振《ぼてふ》りの魚屋が、二人とはまったくの初対面だったが、口を挟んできた。

「本当の本当よ！　オイラ、魚を売りがてら、ひとっ走りして、この目で見てきたんだから間違いねぇ！」

自分の両目を指さしながら続けた。

「お屋敷の扉にゃあ青竹が斜めに掛けられていたぜ！　雨戸も締め切りだ！　こいつぁ只じゃあ済まされねぇ。じゃあなっ！」

自分で見てきたことを吹聴したくて仕方がないらしい魚屋は、長屋に飛び込むなり、井戸端の女房衆を捕まえて、同じ話を喋り始めた。

大工と左官は顔を見合わせた。

「まったくだ。只じゃあ済まされそうにねぇ。下手すりゃ切腹モノだぜ」

大工が握り拳を自分の腹の前で真横に動かした。

こうして、八巻卯之吉が蟄居を命じられたという噂は、瞬くうちに江戸中に知れ渡ったのである。


三治が仕舞屋に飛び込んできた。

「滝蔵兄ィ！　とうとうやったぜ！」

滝蔵は三治に顔を向け、大きく頷き返した。

「俺も聞いたぜ。八巻がついに押し込められたようだな」

仕舞屋の中は、なにやら精気に満ち満ちていた。話を聞いた悪党たちが、得意の道具や武器の手入れなどを始めていたのだ。

悪党たちはここ数日の間、この仕舞屋に閉じ込められてきた。いい加減、息の詰まる思いをしていたところへの吉報だ。皆でやる気を出して、悪事の準備に取りかかっていたのだった。

万里五郎助もやって来る。武士なのに行儀悪く、片手で饅頭《まんじゅう》を齧《かじ》り、立ったまま口をモグモグさせていた。

「やるの？」

口の中に物を入れたまま訊《き》いてきた。

滝蔵は答えた。

「へい。明日の早朝、とりかかりやす」

「明日と言っても、相手は三国屋の金だろう。どこでどうやって奪うつもりなのさ」

「三国屋の金は、浅草御門橋近くの関東郡代役所に納められておりやす。それを郡代役所の役人が荷車に乗せて、武蔵や上野に運びやす」

浅草御門橋は外堀（神田川）に架かっている。関東郡代役所は外堀の内側（南側）にあった。

「その荷車を襲おうっていうのかい」

「お察しの通りで」

「それなら、江戸を出てから街道筋で襲ったほうが、なにかと好都合なんじゃないの」

「江戸で襲わなければ、八巻のツラに泥を塗ったことにはなりやせん」

滝蔵は、万里の耳元で声をひそめて、続けた。

「天満屋ノ元締のお調べでは、金を乗せた荷車は、払暁《ふつぎょう》、岩鼻の代官所を目指して出立します」

「よく、そんなことまで調べたね」

「郡代役所の小者を丸め込んだんだそうですぜ」

「ふぅん、その荷車は中山道を通るんだね」

「へい。巣鴨あたりで襲うってぇ算段でさぁ」

万里は頷いた。

「これで江戸での仕事もお終《しま》いかぁ。張り合いのない毎日だったなぁ」

滝蔵は心の中で、(こっちは手前ェのお守りで毎日大変だったぜ)と毒づいた。

滝蔵と万里の遣り取りを、柱の影から条五郎がこっそりと覗いている。

五

関東郡代は伊奈《いな》家に代々続いた役職で、江戸開闢《かいびゃく》当初は関東一円に広がる徳川家の領地を治める総代官として権勢を恣《ほしいまま》にしていた。支配下に収めた農地は数十万石にも達したという。仙台の伊達家や薩摩の島津家に匹敵する大領主だったともいえる。

早朝、いまだ夜も明けきっていない時刻、朝靄《あさもや》をついて郡代役所の大きな門が開かれた。

車軸の音を響かせながら荷車が出てくる。荷車は馬や牛ではなく、人間が引いていた。暴走を防ぐためであった。

その荷車には御用旗も立てられておらず、従う者も少人数だ。極力目立たないようにして、商人たちの荷車に紛れて、街道を進もうという腹積もりであるようだった。

荷台には大きな箱が載せられている。莚《むしろ》が被せられ、荒縄で固定されていた。一人の人足が荷車を引き、二人が後ろから荷車を押す。他にも交代の人足が六名ほど、車の後ろに従っていた。

「出立」

荷を宰領する男が命じた。この男も武士らしい装束ではない。菅笠を被って面体を隠し、地味な小袖と羽織をつけている。裾は端折《はしょ》って脚を出し、腕には手甲《てっこう》、足には脚絆《きゃはん》と草鞋《わらじ》を履いていた。

腰には長脇差を一本だけ差している。町人でも旅の際には護身用に帯刀が許された。郡代役所の役人たちは、あくまでも旅の商人を装っていたのだ。

人足が足に力を込める。車はゆっくりと進み始めた。早朝の湿った地面に車輪が食い込む。轍《わだち》の跡を残しながら、柳原土手に沿って西へ、筋違門《すじかいもん》へと進んだ。筋違橋を渡って神田明神下へと進む。本郷の坂を上ると賑やかな町家は少なくなって、景色が急に閑散としてきた。

朝靄がずいぶんと濃い。今朝の冷え込みは厳しかった。濃霧は晩秋の風物詩だが、車を進めるのには、少しばかりの障害になった。

巣鴨はいまだ江戸の内だが、見た目は関東の農村と変わりがない。広い農地や里山が広がっている。当時の煮炊きは薪や柴に頼っていたので、江戸の周辺にも鬱蒼《うっそう》とした雑木林が広がり、他ならぬ関東郡代役所の手で保護されていた。秋風に吹かれた落ち葉が宰領人の足元で舞っている。ますます寂しく、心細い雰囲気となってきた。

その時であった。枯れ葉を巻き上げながら十数名の一団が雑木林から飛び出してきた。さながら一陣の突風のように、荷車を取り囲んだのだ。

「な、なんだ、貴様たちは！」

関東郡代役所の者たちが慌てて腰の長脇差を抜いた。荷車を背後に庇《かば》って円陣を組む。金箱を護送するだけあって心構えはできていたのであろう。

一方、襲う側を宰領していた滝蔵は、油断のならない相手だと見て取って、視線をチラリと、背後の小柄な武士に向けた。

武士は被っていた笠を無造作に取って投げ棄てた。まだ少年のような、愛らしい顔を晒《さら》した。

「それなりに剣の修行は積んでるみたいだけど、たいして強くもなさそうだ。つまらないね」

商人に扮した郡代役所の武士たちを一通り眺め渡してから、そう言った。

「こんなヤッら斬りたくもないよ。でも、小判は欲しいね」

なんのかんのと言いながら、腰の刀を抜く。乱戦になると見て取って、居合を使うのはやめたようだ。

「いくよ！」

言うやいなや、無造作に斬りかかった。郡代役所の者たちが集団で迎え撃つ構えを取ったがお構いなしだ。

「ヤッ！　タアッ！」

可憐な声を響かせながら刀を振るう。途端に血飛沫《ちしぶき》が舞い上がった。

「ギャッ」

人足に化けていた郡代役所の者が、利き腕を押さえてのけぞった。小手を斬られたのだ。長脇差がガチャリと地面に転がった。

「ヤッ！　トオッ！」

万里五郎助はさながら一陣の舞いを踊るが如くに、優美に袖を振り回しながら刀を振るった。鋼色の刀身がきらめくたびに悲鳴が上がり、腕を斬られた者たちが倒され、残りはタジタジと後退した。

万里が腕ばかりを狙ったのは、慈悲の心があったからではない。乱戦で的確に相手の戦闘能力を奪うためだ。

それにしても凄《すさ》まじい手際である。郡代役所の者たちは次々と刀を取り落とし、ついには逃げ腰となった。

「よしッ今だ、押し出せ！」

頃合いと見て、滝蔵は悪党たちに命じた。悪党たちが一斉に踏み出すと、敵《かな》わぬと見て取ったのか、郡代役所の者たちは身を翻《ひるがえ》して逃げ出した。

荷車だけが街道に残された。悪党たちは荷台の巨大な金箱を見て、一斉に顔を綻ばせた。

「やったぜ」

三治が乱杙歯を剥き出しにして笑う。

「郡代役所の御用金を、つまりは三国屋の金を奪ってやった」

悪党一同、喜びを隠しきれない顔つきだ。滝蔵が顎でしゃくると、いっせいに荷台に飛びついて、荒縄を解きにかかった。

「さて、この大金をどうやって運び出すかだが……」

蝙蝠安とイタ十に目を向ける。

イタ十がニヤリと笑った。

「心配《しんぺえ》いらねぇ。オイラたちが長年隠し守ってきた隠れ家があらぁ」

蝙蝠安も頷く。

「板橋宿にゃあ、オイラが妾にやらせている小料理屋がある。妾にゃあオイラの素性は上野の商人だと言ってあるんだ。オイラを盗人だとは思っちゃいねえ。金を隠すのにはうってつけだぜ」

金を奪うこと自体は、そう難しくもないのだが、その金を人知れず運んだり、役人の目から隠し通すことが難しいのだ。

老巧な盗人は、江戸のあちこちに隠れ家や隠し場所を作っている。滝蔵たちが老人の二人を引き込んだのには、こういう理由もあったのだ。

イタ十は少し悔しそうな顔をした。

「今生の名残に一暴れしたかったが、万里の旦那の前じゃ形無しだな」

蝙蝠安が笑った。

「贅沢《ぜいたく》を言うもんじゃねぇ。上首尾な仕事ってのは、いつもあっさりと終わっちまうもんさ」

「違《ちげ》ぇねぇ」

若い盗人たちが縄を解き終えた。莚が捲《めく》られて巨大な金箱が姿を現わした。

蝙蝠安が半ば呆れ顔をする。

「ずいぶんでけぇ金箱だ。まるで棺桶だぜ」

滝蔵は若い者たちを睨《にら》みつけながら命じた。

「金は小分けにして懐に納めろ。車と箱はここに置いていく。お前ぇらは金を持って、蝙蝠安さんとイタ十さんの隠れ家まで走るんだ。わかったな！」

「へいッ」

いよいよ金箱が開けられる。滝蔵が蓋に手をかけようとしたその時であった。

「アッ！」

一同の者がギョッと目を剝いて退いた。なんと、金箱の蓋が内側から押し開けられたのだ。

「フウッ。拙者の国許とは違い、江戸の晩秋は暑いのぅ。箱の中はさながら、蒸し風呂のようであったぞ」

場違いに呑気な物言いをしながら、一人の武士がヌウッと顔を突き出した。確かに満面が汗にまみれている。

「だッ、誰でぃ手前ェは！」

滝蔵が叫ぶ。

「金は？　中身は小判じゃなかったのか？」

三治はうろたえきった声を漏らした。

武士を認めて、「あっ」と叫んだのは万里であった。

「お前は、あの時の」

「おう」と、吉永新二郎は頷いた。

「貴様が殺《あや》めた吉永春蔵が弟、新二郎だ！　兄の敵め、いざ尋常に勝負！」

箱の中で立ち上がると、腰の刀を抜く。

「トオッ」

箱の中から飛び出して地面に飛び下りた。悪党一味がどよめきながら後退した。

真っ先に気を取り直したのは滝蔵であった。

「くそっ、騙《だま》しやがったな！」

いかなる理由でかは知らぬが、郡代役所に裏をかかれてしまったらしい。口惜しさに歯噛みしながら叫んだ。

「かまわねぇ！　やっちまえ！」

若い盗人たちが一斉に抜刀した。それを見て新二郎がニヤリと笑った。

「怪我などしても、つまらんぞ」

「しゃらくせぇッ」

盗人の一人が襲いかかる。抜き身の長脇差で斬りかかった。ところが瞬時にその盗人は、新二郎の剣で真後ろに弾き飛ばされた。

刀で打ち合っただけなのに身体ごと吹っ飛ばされる。盗人はよろめいて尻餅をついた。

予想以上の豪腕に、悪党一味がド肝を抜かれたその時、

「御用だ！　御用だ！」と叫び散らしながら、大勢の男たちが駆けつけてきた。

「あ、あれは、荒海一家だ！」

蝙蝠安が叫ぶ。

「な、なんだとッ」

滝蔵はうろたえきって声を上げた。

街道の前からも後ろからも荒海一家が押し寄せてくる。完全に取り囲まれた格好だ。

「どうしてここに——」

滝蔵はハッとした。視線を泳がせた先には、黒巻羽織姿の痩せた同心の姿があったのだ。

滝蔵は凄まじい形相で歯噛みをした。

「八巻ッ……！」

なぜだ、どうして見抜かれたんだ、と心の中で繰り返した。

三治も動揺しきっている。

「ど、どうして八巻が乗り込んで来るんだよ……、ヤツは屋敷に押しこめをくらっていたんじゃなかったのかよ……」

その疑問はその場の悪党全員に共通のものであったろう。それに答えて荒海ノ三右衛門が啖呵《たんか》を切った。

「まんまと罠に引っ掛かりやがったな！　旦那が蟄居を食らっていたってぇのは、手前ェら悪党を誘《おび》き出すための芝居でぃッ！　やい悪党！　江戸一番の切れ者で、千代田のお城のお偉い衆からも頼りにされていなさる八巻の旦那が、これっくらいのご嫌疑で、蟄居なんぞを食らうとでも思ったか！」

「くそっ……」

滝蔵の額に滝のような汗が滴る。三右衛門はますます勝ち誇って言い放った。

「手前ェらの悪巧《わるだく》みなんざ、八巻の旦那はとっくにお見通しだったんだよ！」

「くそうっ！　やっちまえ！」

こうなったら力ずくで血路を開くより他に道はない。悪党一味は長脇差を振りかざして荒海一家に突進した。

三右衛門も子分たちに檄《げき》を飛ばす。

「畳んじまえ！　八巻の旦那の評判を落としやがった糞野郎どもだ！　手足の一本ぐらい、叩き斬ってやってもかまわねぇ！」

荒海一家の子分たちが「おう！」と答えて六尺棒や、長脇差、匕首《あいくち》などを振りかざした。たちまちのうちに乱戦に突入した。

「くそっ、この餓鬼ッ」

滝蔵は血まみれになって奮戦する。何度も六尺棒で打たれ、額も割れて血を流した。代わりに自分の長脇差で何度か相手を斬った。もはや顔も着物も血まみれだ。自分の血なのか返り血なのかもわからない。

三治は口ほどにもなく逃げまどうばかり。奮戦する仲間を盾にしながらその場を這《は》って逃れようとしたが、

「ちょっと待ちなよ」

後ろから肩を、条五郎に摑まれた。

「あっ、条五郎！　助けてくれ！　あいつらをやっつけて、俺を逃がしてくれ！」

涙ながらに手まで合わせた。

「そうはいかねぇよ」

条五郎は拳骨一発で三治を殴り倒した。

「散々っぱら、仲間うちの仁義を踏みにじった罰だ。手前ェみてぇな半端者だけは許しちゃおけねぇんだよ」

過去にどんな因縁があったのだろうか。条五郎は失神した三治を早縄で縛りあげた。

多勢に無勢で、しかも滝蔵一派は経験の浅い若い者と、体力の衰えた年寄り二人だ。卯之吉の下で図らずも捕り物の経験を積んだ荒海一家には敵わなかった。

「くそうッ、放しやがれ若造めェッ」

蝙蝠安が腕を摑まれてもがく。昔の力は出せない。押し倒されて地べたに顔を擦りつけた。

「ちっくしょう！　手前ェみてぇな三下の手にかかるなんて……！　こんなことがあっていいものかよぅ」

蝙蝠安から見れば、荒海一家の若衆たちは皆、経験も足りない半人前ばかりなのだ。

「あと十歳も若けりゃあ手前ェらなんざ、蝙蝠飛びで飛び越してくれてやったものをよぅ」

老いて皺だらけになった目に、悔し涙を浮かべた。

イタ十はその老齢からは信じ難い奮闘を見せて、荒海一家の者たち三人ばかりを殴り倒したのだが、ついには足に棒を掛けられて転がされた。やはり老いは足腰から忍び寄っていたようだ。「それっ」とばかりに飛び掛かられて、取り押さえられた。

しかし、荒海一家の攻勢もそこまでであった。

「ギャッ！」

鋭い悲鳴がした。一家の若衆が二人、身をのけぞらせる。二人とも腕を斬られて血を噴いていた。

二人が後退した先には、血刀を下げた万里五郎助の姿があった。

「近寄ると、斬るよ」

涼しげな顔で言い放つ。取り囲まれても焦った様子も見せない。その自信を裏付けるかのように、襲いかかった者から順に斬り倒されていったのだ。

後ろから攻めかかろうと、横から襲いかかろうと関係なしだ。一瞬にして身を翻して、的確な斬撃を繰り出してくる。

子分たちが倒されていくのを見た三右衛門が口惜しげに叫んだ。

「くそっ、こいつには敵わねぇ！」

万里は、ほんのりと笑った。そして卯之吉と新二郎を交互に見た。

「どっちが先に相手をするの？」

自分と手が合う相手は新二郎と、江戸で五指に数えられる剣豪、八巻卯之吉しかいないと看破しているようだ。

新二郎は卯之吉に目を向けた。

「八巻先生！　この場は拙者にお譲りくだされ！」

「譲るもなにも──」

自分なんかが前に出たら即座に斬られる、と卯之吉は思った。

「ま、お好きなように。御武運をお祈りいたしておりますよ」

「かたじけない！」

新二郎は勇躍、前に出た。

「兄の敵め！　尋常に勝負！」

万里はチラリと新二郎に目を向けながら、着物の袖で刀を拭った。血と脂を拭き取ると、いったん刀を鞘に納めた。

「さあいいよ。始めよう」

居合腰に低く構える。新二郎は高々と上段に構えた。

突然の静寂がその場を包み込んだ。荒海一家の者たちも、まだ捕らえられていない悪党どもも、それどころか縄を掛けられた者たちまでもが固唾《かたず》を飲んで、二人の決闘を見守った。

新二郎が前に出る。万里はまったく身じろぎもせずに待ち受ける。

新二郎はなおも間合いを詰めた。二人の距離が狭まるのと同時に、緊迫感も否《いや》応《おう》なしに増してきた。

もはや一足一刀の間境を踏み越えている。二人とも刀を振りさえすれば、相手の身体に刃が届く。それでも二人は動かない。相手が先に動くのを待っている。

元々色白の万里も生まれつき赤ら顔の新二郎も、顔面の血の気が失《う》せている。冷汗も流していない。唇まで乾いて白くなっていた。

異常な緊張にその場の全員が飲みこまれそうになったその時、突然、けたたましく鳴きながら山鳥が飛び上がった。

瞬間、二人の身体が動いた。新二郎が声を発して斬りかかる。万里は無言で瞬時に抜刀した。

バシッ、と、湿った音が響いた。同時に万里の腕が袖口から切り離されて地面に落ちた。

「ぎゃあっ」

万里が絶叫する。

「う、腕が――」

刀を握ったまま地面に転がった腕を、もう片方の腕で拾いあげ、輪切りにされた切り口に合わせようとした。しかしもちろん、いったん切り離された腕が再び繋がることはない。

「とどめだッ」

新二郎が刀を振り下ろした。深々と万里の首を斬った。

万里は血を噴きながら倒れた。そしてすぐに、動かなくなった。

一同が息を飲んで見守る。余りに素早い斬撃で、何が起こったのか、いまだに理解できない者もいた。

最初に我に返ったのは、滝蔵であった。

「あわわわ……」

慌てて身を翻そうとする。だが、逃げ場などあるはずもない。

「捕らえろッ」

三右衛門が叫んだ。その一声で我に返った一家の子分たちが滝蔵に襲いかかって縄を掛けた。滝蔵は雁字搦《がんじがら》めに縛られて、その場にガックリとへたり込んだ。

その他の若い盗人たちは、もはや観念しきった顔つきで、ほとんど抵抗もせずにお縄を受けた。

新二郎は無念無想の顔つきで立っている。腹中に溜まった息を大きく吐いて気を鎮《しず》めた。

「やりましたね」

卯之吉はのんびりと声をかけた。新二郎はパッチリと目を見開いて、卯之吉を仰ぎ見た。

「八巻先生！　先生のお陰で、兄の敵を討つことができました！」

「よしておくんなさいよ」

卯之吉は手を振った。

「あたしは何もしていませんよ」

確かに何もしていないのだから、謙遜などではまったくない。

感情過多の新二郎がなおも何かを言ってこようとしたので、卯之吉は慌てて後退した。

「さぁて、怪我を負った皆さんの手当てをしなくてはいけませんね」

それだけが楽しみで、朝も早くから屋敷を出てきたのだ。眠気などすっとばしきって目を爛々《らんらん》と輝かせ、医工の道具を持たせた銀八を呼び寄せた。

卯之吉の荒療治に晒された者たちが次々と悲鳴を上げた。見様によっては斬り合いよりも悲惨な光景が朝の街道で繰り広げられたのであった。

六

「滝蔵たちが捕まったか」

暗い部屋に天満屋ノ元締が座っている。座敷の隅に控えた行徳ノ七右衛門が、畳に両手をついて低頭した。

「蝙蝠安も、イタ十も、お縄にかけられたようにごぜぇやす」

「万里先生はどうした」

「おそらくは、八巻に斬って捨てられたものかと」

天満屋は大きく息を吐いた。

「あの万里先生でさえ、八巻の剣には及ばぬのか……」

そう呟《つぶや》いたきり、何も言わずに前だけを見ている。七右衛門は恐る恐る、天満屋の前から下がった。


「拙者、兄の後を継ぐことが許され、国許でのお役に就くこととなり申した」

旅姿で千住大橋のたもとに立った新二郎が、元気一杯、晴れがましい顔つきを向けてきた。

「そうですかえ。それはおめでたいことですねぇ」

卯之吉は微笑して頷いた。

あれから半月が過ぎている。盛垣家では諸々の後始末も終り、牢屋敷の滝蔵たちはお白州に引き出されて、順に裁きを言い渡されていた。

季節はすっかり冬になろうとしている。千住大橋の向こうに広がる武蔵野の平原は枯草色に染まり、青い大空は冷たく澄みきっていた。

卯之吉の後ろに美鈴がいる。新二郎は真っ赤な顔で美鈴を見た。

「拙者、国許に戻り次第、上役より、嫁御を紹介していただくことになっており申して」

口ごもりながらそう言った。

「ぜ、是非とも、美鈴殿を……などと、そのう、考えておったのでござるが、それればかりが心残り……」

美鈴も顔を真っ赤に染めて俯いた。銀八は下品に笑って、片手で扇子をヒラヒラさせた。

卯之吉だけが、まったく心得ぬ顔つきだ。

「えっ？　美鈴様を、どうなさるおつもりだったのですかえ？」

「ちょっ、若旦那！」

銀八に袖を引かれた。

新二郎は居住まいを改めて一礼した。

「左様ならば、これにて御免被ります！　八巻先生のお教えは、拙者、生涯けっして忘れるものではございませぬ！」

「……何か、教えましたっけ？」

「山方巨咋斎先生が、是非とも一度、八巻先生とご面談賜りたいと、申しておりました」

「あたしなんかがヤットウの先生と面談して、それで、どうなります……？」

最後まで会話が噛み合わないままであったが、新二郎は片手に持った笠を大きく振り上げながら、日光街道を北国へと踏み出して行った。大股の行歩で、その姿はあっと言う間に見えなくなった。

「なんだか、山崩れみたいなお人でげしたね」

銀八が憚《はばか》りのない物言いをする。

「騒々しくって、勢いばっかり激しくて」

卯之吉は一人でスタスタと歩きだした。後に続こうとした美鈴の袖を、銀八がツンツンと引いた。

「なぁに？」

美鈴が振り返る。銀八はニヤニヤと笑いながら言った。

「新二郎の旦那、美鈴様にすっかりホの字でございましたねぇ」

「知らないッ」

美鈴がプンと横を向く。銀八は調子に乗って続けた。

「美鈴様もまんざら、男におモテにならないわけでもない、ってことでげす。どうでげすか、次にああいう殿方が現われた時には――」

「現われた時には、なんだっていうの」

美鈴の顔つきが俄《にわ》かに険しくなったのだが、粗忽者《そこつもの》の銀八は気がつかない。

「うちの若旦那はあんなふうでげすからね、もらってくれる相手がいるなら思い切って――あっ」

美鈴の美貌が夜叉《やしゃ》のように変じていることに気づいて、銀八は慌てて逃げ出した。

「こらっ、待てッ」

美鈴が後を追う。

騒ぎに気づいて振り返り、卯之吉は愉快そうに笑った。

「なんでしょうねぇ、あの二人」

背後には遠く、日光の山並みが見える。山頂部は雪をかぶって真っ白だ。

新二郎の国許は、あの山並みの彼方にあった。

双葉文庫

は-20-10

大富豪同心《だいふごうどうしん》

仇討《あだう》ち免状《めんじょう》

2012年8月12日　第1刷発行

【著者】
幡大介《ばんだいすけ》

【発行者】
赤坂了生

【発行所】
株式会社双葉社
〒162-8540 東京都新宿区東五軒町3番28号
［電話］03-5261-4818(営業)　03-5261-4833(編集)
www.futabasha.co.jp
(双葉社の書籍・コミックが買えます)

【印刷所】
慶昌堂印刷株式会社

【製本所】
株式会社ダイワビーツー

【表紙・扉絵】南伸坊
【フォーマット・デザイン】日下潤一
【フォーマットデジタル印字】飯塚隆士

落丁・乱丁の場合は送料双葉社負担でお取り替えいたします。
「製作部」宛にお送りください。
ただし、古書店で購入したものについてはお取り替えできません。
［電話］03-5261-4822(製作部)

定価はカバーに表示してあります。

ISBN978-4-575-66575-8 C0193
Printed in Japan